SON PARTENAIRE PARTICULIER

PROGRAMME DES ÉPOUSES INTERSTELLAIRES : TOME 2

GRACE GOODWIN

Son Partenaire Particulier

Copyright © 2017 by Grace Goodwin

Tous Droits Réservés. Aucune partie de ce livre ne peut être reproduite ou transmise sous quelque forme ou par quelque moyen que ce soit, électronique ou mécanique, y compris photocopie, enregistrement, tout autre système de stockage et de récupération de données sans permission écrite expresse de l'auteur.

Publié par Grace Goodwin as KSA Publishing Consultants, Inc.
Goodwin, Grace

Son Partenaire Particulier

Dessin de couverture 2020 par KSA Publishing Consultants, Inc.
Images/Photo Credit: Deposit Photos: asherstobitov, frenta

Note de l'éditeur :
Ce livre s'adresse à un *public adulte*. Les fessées et toutes autres activités sexuelles citées dans cet ouvrage relèvent de la fiction et sont destinées à un public adulte. Elles ne sont ni cautionnées ni encouragées par l'auteur ou l'éditeur.

BULLETIN FRANÇAISE

REJOIGNEZ MA LISTE DE CONTACTS POUR ÊTRE DANS LES
PREMIERS A CONNAÎTRE LES NOUVELLES SORTIES, OBTENIR
DES TARIFS PREFERENTIELS ET DES EXTRAITS

Cliquez ici

AU SUJET DE SON PARTENAIRE PARTICULIER :

Lorsqu'une menace potentielle contraint Eva Daily à se réfugier dans un autre monde, une seule alternative s'offre à elle : participer au Programme des Épouses Interstellaires. Après un test d'aptitudes sensuelles et sexuelles, Eva se verra attribué un partenaire et rejoindra son monde afin de l'épouser.

À son arrivée sur la planète déserte Trion, Eva va vite se rendre compte que les choses diffèrent par rapport à la Terre. Un examen poussé de la part de son nouveau partenaire laisse notre Eva rougissante ; à sa grande surprise, le côté dominateur de Tark l'excite au plus haut point. La voici nue, entravée, incapable de résister tandis que son amant expérimenté la pousse au paroxysme, orgasme après orgasme.

Eva s'aperçoit vite que Tark est bien plus qu'une brute dominatrice qui n'hésite pas à punir sa femme rebelle en lui donnant la fessée. Au moment où sa passion se mue en amour, des évènements sur Terre menacent de l'enlever à lui pour toujours. Eva trouvera-t-elle le moyen de rester auprès de Tark et dans son lit, ou ne gardera-t-elle de lui que le souvenir d'un homme qui a marqué son corps et son cœur ?

Note de l'éditeur : *Son partenaire particulier* est le premier libre de la série *Épouses interstellaires*. Il s'agit d'un roman érotique comprenant des scènes de fessées et à caractère sexuel. Si le contenu de cet ouvrage va à l'encontre de vos valeurs, prière de ne pas l'acheter.

1

J'ai l'esprit embrouillé, comme si je venais de me réveiller, ou après avoir trop bu. La sensation dissipe le brouillard ambiant. Je suis nue et penchée sur un banc dur. Mes seins ballotent sous les violents coups de boutoir d'un homme. Cette chaleur qui irradie me fait gémir, je ferme les yeux pour savourer les contractions de ma chatte autour de son énorme membre. Il est devant moi et je meurs d'envie de voir son visage, de savoir qui me procure autant de plaisir.

« On dirait qu'elle aime bien être baisée comme ça. En général, elles n'aiment pas être courbées et attachées. »

Une voix mâle très grave me parvient, je suis trop distraite par son énorme sexe qui s'enfonce en moi pour le regarder. Ce n'est pas lui qui me baise, il ne compte pas. Rien. Seul mon maître a de l'importance.

Maître ? Mais d'où ça vient ça ?

« Oui, sa chatte est incroyablement étroite et toute mouillée. T'aimes bien être prise comme ça hein, *gara* ? »

La seconde voix est encore plus grave, elle provient de derrière moi.

Il m'a posé une question, je ne peux que gémir tandis qu'il m'écartèle petit à petit. Je n'ai jamais été défoncée par une bite de cette taille. Son gland s'enfonce profondément en moi à chaque coup de hanches contre mes fesses. On entend le bruit de notre peau à peau, ma moiteur facilite son passage. Il change de position, son gland dur frotte profondément en moi et je pleurniche. Sa queue est une arme, un instrument contre lequel je ne peux pas lutter.

Comment ai-je atterri ici ? La dernière chose dont je me souvienne c'est ma présence au centre de recrutement sur Terre.

Je suis attachée sur une sorte de banc, les chevilles attachées d'un côté et les poignets de l'autre. Il est assez étroit pour que mes seins pendent de part et d'autre, des trucs que je ne vois pas me tirent les mamelons. La douleur et le plaisir se mêlent pour former un courant électrique directement relié à mon clitoris, cette sensation forte me fait haleter. À chaque coup de boutoir, mon clitoris frotte contre quelque chose de dur et qui bouge en même temps que cette bite qui me pénètre. Les vibrations sous mon clitoris vont provoquer un orgasme, j'ai l'impression d'être une bombe à retardement. La sueur me plaque sur le banc, comme si c'était tout ce qui m'empêchait de prendre mon envol. Je ne suis pas sûre de survivre à l'explosion.

« Elle m'écrase la bite, » l'homme rugit et ses mouvements deviennent désordonnés, comme s'il perdait le contrôle de ses instincts primaires de rut.

« Bien. Fais-la jouir violemment afin qu'elle s'adoucisse et accueille ton sperme. Tu pourras procréer avec elle rapidement. »

Procréer ?

J'ouvre la bouche pour leur demander de quoi ils parlent, mais l'énorme queue me pilonne, une grosse main s'appuie sur ma nuque et me bloque, même si je n'ai pas l'intention de bouger. C'est un geste symbolique, je suis sous sa domination et je ne peux rien faire. J'aurais dû me débattre ou crier mais cette main me fait l'effet d'un interrupteur sur « arrêt », je me fige, dans l'attente de son prochain coup de hanche.

Ce moment, cet homme ... ce n'est qu'un rêve. Je n'ai *jamais* fait l'amour en présence d'un spectateur. Personne ne m'a jamais attachée et baisée de la sorte. Jamais. C'est irréel. Je ne permettrais jamais qu'on me traite ainsi. Je suis médecin, je soigne. Je suis respectée et influente. Une femme de pouvoir. Je ne le permettrai jamais...

Histoire de se moquer de moi, sa grosse main s'abat de toutes ses forces sur mes fesses nues. Ça brûle au possible, la chaleur se propage jusqu'à mon clitoris. Il me frappe encore et je serre les dents pour réfréner un hurlement de plaisir.

Qu'est-ce qui m'arrive ? *J'aime* les fessées ?

Une autre fessée, une autre brûlure, des larmes m'échappent tandis que j'essaie de garder mon sang-froid. Je suis une professionnelle. Je n'ai jamais cédé à la panique ou à la pression. Ou au plaisir. Je ne perds jamais mon sang-froid.

Durant des années de cours et de discipline, je me suis toujours efforcée de garder mes repères. Je ne reconnais rien, l'éclairage tamisé ambré, les tapis épais, les étranges murs couleur sable ou cette odeur d'amande étrangement exotique qui se dégage de ma peau. On dirait que ma peau claire a été frottée avec une huile parfumée. Cette odeur—et celle plus musquée du foutre—m'enveloppe chaudement.

La confusion la plus totale m'envahit, impossible de me concentrer sur cette pièce, ni sur ce que je fabrique ici, à chaque fois que je respire, une bite me pénètre au point d'en devenir douloureux. Cette douleur intense s'ajoute aux sensations qui déferlent dans mon esprit et dans mon corps. Je brûle de plaisir. Ma conscience vacille, plus rien n'existe que mon corps sur ce banc, la main qui bloque ma nuque tel un chat satisfait, le balancement de ce qui se ressemble à des poids suspendus à mes mamelons, ma chatte qui se contracte autour de ce sexe qui me pénètre, me réclame. Me fait sienne.

C'est la meilleure partie de jambes en l'air de ma vie. Je ne vois pas qui me baise mais pas de doute, c'est bien un *homme.*

La pression sur ma nuque s'évanouit et je sens deux grosses mains sur mes hanches nues, les doigts s'enfoncent dans ma chair tendre. Je ne vois pas d'homme, je dois rêver. Et ne je veux pas que ça s'arrête. J'ai tellement envie de jouir que je supplierais presque.

Je n'ai jamais fait de rêve à caractère sexuel. Je n'ai jamais fait de rêve pareil, *si* réel, *si* bon. Je m'en fiche, je ne veux penser à rien, les vibrations contre mon clitoris s'intensifient.

« Oui ! » Je hurle, j'essaie de reculer mes hanches pour accueillir cette incroyable bite encore plus profondément.

« Encore, je t'en supplie, oh, mon dieu ! »

Il ne bouge pas. Tout comme dans ce rêve délicieux, je jouis. Les vibrations sur mon clitoris me poussent au paroxysme, cette queue qui me remplit accentue mon plaisir, jusqu'au point de non-retour.

L'homme qui me pénètre s'immobilise, ses doigts s'enfoncent dans mes hanches tandis qu'il rugit à son tour. Je sens son sperme chaud en moi. Il continue de me baiser malgré son orgasme, sa semence chaude et poisseuse dégouline de ma chatte le long de mes cuisses. Je m'affale, comblée et satisfaite. La seule chose que j'entends avec de retomber dans mes rêves est « C'est bon. Amène-la au harem. »

Je laisse tomber ma bonne conscience. Une jeune femme sévère me fait face dans la salle d'examen. Elle doit avoir mon âge, plutôt jolie, si ce n'est sa bouche pincée qui lui donne un air antipathique. Elle porte une tenue marron foncé et des talons, une tablette sur ses genoux. Avec ses longs cheveux ramassés en un chignon strict, elle ressemble plus à une femme d'affaire qu'à un médecin. La pièce ressemble à une chambre d'hôpital, des appareils médicaux surveillent ma fréquence cardiaque, mon activité cérébrale et mon taux d'enzymes. Mon corps résonne encore de la force de l'orgasme, je remarque avec une certaine honte que le fauteuil d'examen sur lequel je suis attachée est trempé au niveau des fesses et de mes cuisses nues, dû à l'excitation. Ma jupe courte unie porte le logo du Programme des Épouses Interstellaires, elle est ouverte dans le dos, comme toute tenue d'hôpital qui se respecte. Comme prévu, je suis nue, en vue de l'examen.

La femme a l'expression amère des personnes habituées à traiter avec les prisonniers coupables de crimes. Son uniforme marron foncé porte l'insigne rouge et trois mots en lettres étincelantes sur sa poitrine qui me donnent des sueurs froides.

Programme des Épouses Interstellaires.

Mon dieu aide-moi. Je suis coupée du monde, j'ai quitté la Terre en tant qu'épouse par correspondance. Le concept est utilisé depuis des siècles mais a été mis au goût du jour pour répondre aux besoins interplanétaires actuels. En tant qu'épouse par correspondance, je serai contrainte de baiser et d'avoir des bébés avec un dirigeant extraterrestre d'une planète que la coalition interstellaire a jugé digne de protéger la Terre. Un mâle extraterrestre ayant le droit et le rang nécessaire pour posséder une épouse provenant d'un des mondes des membres protégés. La Terre est la plus jeune planète ayant rejoint la coalition, elle fournit les mille épouses nécessaires par an. Les volontaires sont très peu nombreuses, malgré la généreuse compensation accordée à la femme assez courageuse—ou assez désespérée—pour se porter volontaire au rang d'épouse. Non, la majeure partie des mille épouses par correspondance sont des femmes accusées de crimes, ou, comme moi, contrainte de s'enfuir. Se cacher.

« *...tu pourras procréer avec elle rapidement.* »

Cette voix grave et dure tourne en boucle dans ma tête. Ce n'était qu'un rêve, n'est-ce pas ? Mais pourquoi ai-je rêvé à *ça* ?

« Mademoiselle Day, je suis la Gardienne Egara. Connaissez-vous les solutions qui s'offrent à vous ? En tant que coupable, vous perdez tous vos droits, hormis le droit de nom. Vous pouvez citer un monde, si vous voulez, vous choisirez votre partenaire dans ce monde, selon le résultat de vos tests d'évaluation. Vous pouvez renoncer au droit de nom et accepter les résultats du processus d'évaluation psychologique. Si vous choisissez cette option, vous serez envoyée dans le monde et auprès du partenaire qui conviendront le mieux à votre profil psychologique. Si vous souhaitez rencontrer votre partenaire réel, je vous recommande vivement de choisir la seconde option et de suivre les recommandations du processus d'accouplement. Nous accouplons des épouses à leurs partenaires depuis des siècles. Des questions ? »

J'enregistre la voix de la femme et je tire sur mes menottes. J'ai déjà entendu parler d'autres planètes, mais pas d'un autre monde, et certainement pas d'un partenaire. Sur Terre, les femmes peuvent choisir leur petit ami, leur amant, leur mari. Mais un partenaire extraterrestre ? Je ne sais pas par où commencer. Même si je choisis un monde, le choix de mon couple dépendra des analyses psychologiques du Programme des Épouses Interstellaires. Dois-je choisir un monde ? Je ne pars que quelques mois, pas toute la vie. Quelle différence ça fait ? Je ne m'appelle même pas Evelyn Day.

C'est ma nouvelle identité. Mon vrai nom est Eva Daily et je ne suis pas une meurtrière. Je suis innocente, mais peu importe. Tout ça n'est qu'une vaste blague, un moyen de me garder en vie jusqu'à ce que la date du procès soit fixée et que je puisse témoigner contre un membre de l'un des syndicats du crime organisé les plus puissants sur Terre.

J'étais un médecin respecté jusqu'à ce que je sois témoin d'un meurtre derrière le rideau des urgences à l'hôpital. Il s'avère que je suis la seule à pouvoir identifier l'assassin. La famille du tueur est immensément riche et bénéficie d'appuis indéniables au sein du gouvernement et dans le milieu du crime organisé. La protection des témoins est la seule chance pour que je reste en vie jusqu'au procès. Quitter la planète est l'unique moyen pour que cette famille au bras long ne me fasse pas de mal.

Hormis le fait que ma culpabilité n'est que pure couverture, pour le système judiciaire de la Terre, je suis une meurtrière. Je suis traitée comme telle. Cette blouse grise d'hôpital est typique de l'uniforme pénitentiaire, mes poignets et mes chevilles sont liés à une chaise dure et inconfortable. Je suis à court de solutions. J'ai déjà vécu ça un millier de fois dans ma tête. Survivre. C'est ce que je dois faire, c'était totalement impossible en restant sur Terre.

« Mademoiselle Day ? » Répète la Gardienne.

Sa voix est atone, comme si elle avait eu son lot de

criminels et qu'elle était blasée et endurcie par les pires atrocités.

« Je vous le demande une dernière fois, Mademoiselle Day. J'ai atteint le nombre maximum de demandes en vue de l'obtention d'une réponse. Sinon vous serez automatiquement accouplée selon les résultats des tests et préparée en conséquence. »

J'essaie de calmer les battements de mon cœur, je suis entravée et captive, impossible de m'échapper de la pièce, du bâtiment et de cette nouvelle vie. Cette pièce terne n'est rien comparée à ce que j'ai déjà subi … et ce qui m'attend.

Mais je ne peux pas laisser cette femme sans cœur décider à ma place. Elle va sûrement m'envoyer sur une planète aussi redoutable que Prillon, les hommes y sont réputés être terribles et peu indulgents, que ce soit au lit ou au quotidien.

« Souhaitez-vous choisir votre monde Mademoiselle Day ? Ou vous soumettez-vous aux protocoles de placement du centre de recrutement ? »

Elle m'incite à me prononcer. Avant de pénétrer dans la pièce, j'ai déjà passé leur soi-disant recrutement. J'étais en pleine possession de mes moyens et éveillée au début, j'ai vu des images de différents paysage, des hommes d'ethnies variées, portant des vêtements différents et même des couples en plein acte sexuel et notamment une femme agenouillée en train de faire une fellation à un homme.

Malheureusement, certaines images étaient à caractère sado-maso. Deux hommes en train de posséder une femme, une salle remplie de personnes regardant une femme se faire baiser. Bondage, flagellation, esclaves sexuelles. Les scènes se déroulent dans le désert et aux périphéries d'immenses villes extraterrestres de la taille de New York ou Londres, avec des godes et des ceintures de chasteté, des piercings et des plugs anaux.

Les images défilaient de plus en plus vite et bien qu'éveillée, j'ai dû m'endormir et faire ce rêve très concret. À mon réveil, les écrans vidéo ont disparu, mais je suis toujours attachée sur le fauteuil d'examen.

Je cligne des yeux face à son expression neutre, je me lèche les lèvres et réponds, « J'accepte le protocole de recrutement sélectif. »

La femme hoche sèchement la tête et appuie sur une touche de sa tablette. « Très bien. Commençons le protocole de recrutement sélectif. Votre nom. »

Je ferme un moment les yeux puis les rouvre, les effets de cet orgasme se font encore sentir. C'était très intense et c'était un *rêve*. C'est la dure réalité. Je doute qu'il y ait une issue, ou un plaisir vrai à l'avenir.

« E-Evelyn Day. »

J'ai failli dire mon vrai nom mais je me suis rattrapée in extremis. *Comment l'oublier ?*

« Le crime dont on vous accuse ? »

J'ai du mal à le prononcer. J'ai du mal à croire que je

doive me plier à ces mesures, à ces mensonges drastiques.

« Meurtre.

– Êtes-vous ou avez-vous été mariée ?

– Non. » C'est l'une des raisons pour lesquelles je suis dans la merde. Je travaille trop. Je n'ai pas d'homme dans ma vie, personne ne m'attend. Alors je reste au travail, je fais des heures sup et j'ai été témoin d'un meurtre.

« Avez-vous enfanté ?

– Non. » J'aimerais bien un jour, mais avec un extraterrestre ? Ça ne fait pas partie de mes rêves de petite fille. Pourquoi n'ai-je pas rencontré un homme célibataire et sexy aimant les femmes intelligentes et bien foutues ?

« Excellent. » La Gardienne Egara coche une liste de cases sur sa tablette.

« Pour récapituler Mademoiselle Day, vous êtes une femelle éligible, nubile et fertile, deux possibilités s'offrent à vous en tant que coupable d'un crime : vivre sans plus jamais ouvrir la bouche au Pénitencier de Carswell à Fort Worth, Texas. »

Je frémis au nom de la fameuse prison hébergeant les criminels les plus dangereux et cruels. Le seul plan qui consiste à ce que je reste en vie jusqu'au procès est de m'envoyer sur une autre planète. Carswell ne fait heureusement pas partie de mes desideratas.

La Gardienne Egara poursuit, « Ou, comme vous

l'avez choisi, le Programme des Épouses Interstellaires. Vous avez été amenée ici pour achever votre évaluation et votre éligibilité. J'ai le plaisir de vous informer que le système a trouvé un partenaire compatible, vous serez envoyée sur une planète membre. En tant qu'épouse, vous ne retournerez plus jamais sur Terre, tout voyage sera régi et contrôlé par les lois et les règles de votre nouvelle planète. Vous renoncerez à votre appartenance à la Terre et deviendrez citoyenne officielle de votre nouveau monde. »

Où vont-ils m'envoyer ? Quelle maladie mentale mes neuro-scans ont-ils montré à cette femme ? Aucune, si on se base sur ce rêve concret. Vais-je rejoindre un chef de clan sur Vytros ou un riche négociant sur Ania ? Un monde rude, patriarcal et isolé ?

Je me racle la gorge, je n'arrive pas à articuler. « Pouvez-vous... pouvez-vous m'expliquer en quoi consiste le processus de recrutement ? Comment savoir si les tests sont satisfaisants ? »

Elle me regarde comme si je n'étais jamais sortie de chez moi.

« Voyons, Mademoiselle Day. Vous savez très bien comment ça marche. »

Comme je garde le silence, elle soupire.

« Très bien. Tous les prisonniers sont soumis à une batterie de tests. Votre esprit a été stimulé et a réagi selon des réactions conscientes et inconscientes afin de nous assurer que vous soyez accouplée selon les usages et les pratiques sexuelles de l'autre planète. Etant donné que vous y vivrez pour toujours, il est important que les épouses que nous envoyons soient *dignes* des attentes des dirigeants.

Chaque planète a une liste de mâles qualifiés attendant une épouse, continue-t-elle. Vos résultats vous permettent de découvrir un nouveau monde, puis on vous attribue un candidat compatible. Une fois le recrutement amorcé, il est immédiatement averti. On vous transporte et vous vous réveillez sur votre nouvelle planète. Votre partenaire sera là pour vous posséder. »

J'ai toujours les poignets attachés ; je ne peux que serrer les poings.

« Et si… et si la compatibilité ne fonctionne pas ? »

Elle serre les lèvres.

« Il n'y pas de retour en arrière possible. Selon le Protocole 6.2.7a, nous ne pouvons pas vous forcer à rester avec une personne incompatible. Vous avez trente jours pour décider si le premier candidat est acceptable. Si, à l'issue des trente jours, vous n'êtes pas satisfaite de votre partenaire, on vous assignera un autre partenaire de ce monde. Vous avez trente jours pour accepter ou refuser chaque candidat, jusqu'à ce que vous trouviez votre partenaire.

– Et si… s'ils ne veulent pas de moi ? »

J'ai souvent été rejetée par les hommes. En quoi un homme venant d'une autre planète serait différent ?

« Le succès du programme de compatibilité dépasse les quatre-vingt-dix-neuf pour cent. Vous avez réussi les tests et nous avons confirmé votre placement. Vous ferez l'affaire, je n'ai aucun doute là-dessus. Selon la planète, ces partenaires ont besoin de femmes pour perpétuer leur espèce, leur culture, leur mode de vie. Les femelles sont précieuses, Mademoiselle Day. C'est la raison pour laquelle le traité interplanétaire a été instauré. En revanche, si votre partenaire ne vous trouve pas ... à son goût, vous serez accouplée à un autre mâle du même monde. Rappelez-vous bien, vous êtes liée au monde en premier, le partenaire vient en second.

– Mon partenaire sait que je suis inculpée de meurtre ?

– Bien entendu. Le traité nécessite que tout soit porté à sa connaissance.

– Et ils sont assez désespérés pour accepter des coupables ? »

Personne n'a jamais voulu de moi en tant que petite amie, encore moins en tant qu'épouse. Qui voudrait de moi alors que je suis inculpée de meurtre ?

« Ils ne craignent pas que je les tue pendant leur sommeil ? »

Je ne ferai jamais un truc pareil mais *ils* ne peuvent

pas le savoir. Serai-je punie dans leur monde pour un crime censément commis ici, sur Terre ?

La femme pince ses lèvres. « Je vous garantis, Mademoiselle Day, que vous comprendrez lorsque vous aurez rencontré les partenaires de ces planètes. Soyez assurée qu'être tuée par une femme telle que vous est le cadet de leurs soucis. »

Je me regarde dans cette tenue gris uni de prisonnier. Je ne suis pas une misérable. J'ai … des formes. Le stress des semaines écoulées, le procès à venir etc. n'ont pas eu d'incidence sur mon poids. Je ne me suis pas regardée dans un miroir ni maquillée depuis, j'imagine à quoi je dois ressembler. Si je rencontre mon partenaire avec la tête que j'ai à l'heure actuelle, il me refusera avant même de me saluer.

La femme regarde sa tablette. « Vous avez encore des questions ? Je dois encore m'occuper d'une autre femme aujourd'hui. »

Je n'ai pas vraiment le choix. Je hoche la tête. « Je … Je suis prête, » je déglutis.

Prononcer les mots qui changeront le cours de ma vie s'avère plus difficile que prévu.

« Je suis prête à partir sur une autre planète et j'accepte de m'y installer au vu du résultat des tests. »

La femme hoche la tête avec détermination. « Très bien. »

Elle appuie sur un bouton et mon fauteuil s'incline comme chez le dentiste.

« Pour information, Mademoiselle Day, vous avez choisi d'effectuer votre peine au sein du Programme des Épouses Interstellaires. Un partenaire vous a été attribué selon les tests du protocole, vous serez transportée sur une autre planète, vous ne retournerez jamais sur Terre. Vous confirmez ? »

Sainte Mère de Dieu, qu'ai-je fait ? J'aimerais pouvoir revenir en arrière mais je pars pour de *vrai*. « Oui. »

« Excellent. » Elle jette un œil sur sa tablette.

« L'ordinateur vous envoie sur Trion. »

Trion ? Je fouille dans mes souvenirs sur ce monde-là. Rien. Ça ne m'évoque rien. *Oh, mon Dieu.*

C'est peut-être le monde dont j'ai rêvé. Les tapis. L'huile d'amande douce. L'énorme bite…

« Ce monde nécessite une préparation physique spécifique pour leurs femelles. Par conséquent, votre corps doit être préparé avant d'entamer le transport. »

Mon corps va être… quoi ?

La Gardienne Egara appuie sur le côté de mon fauteuil, à ma grande surprise, il glisse comme sur des rails vers un espace apparaissant dans le mur. La petite pièce est éclairée par une série de lampes bleu clair. Le fauteuil finit par s'arrêter et un bras robotisé équipé d'une longue aiguille se dirige sans bruit vers mon cou. Je me contracte lorsqu'elle transperce ma peau, je ressens un léger picotement au niveau de la zone de l'injection. Une sensation de léthargie et de bien-être envahit mon corps, je suis immergée dans un bain rempli d'un liquide chaud et bleu. C'est doux, je suis tout engourdie...

« Essayez de vous relaxer, Mademoiselle Day. »

Elle touche de son doigt l'écran dans sa main et sa voix me parvient de très très loin.

« Le processus débutera dans trois... deux... un... »

2

« Le transfert concerne le corps, elle dort. »
J'entends la voix mais je ne bouge pas. Je me sens bien, je n'ai pas envie de me réveiller.

« Oui, elle est dans cet état depuis quatre heures. » La voix est plus grave, plus autoritaire, clairement agacée par mon état. « Goran, ma partenaire a peut-être été endommagée durant le transport. »

Endommagée ?

« Il n'y a apparemment aucun dégât. » Une voix différente. « Elle est minuscule et a peut-être besoin de plus de temps pour récupérer. »

Minuscule ? Je ne me considère *pas* comme minuscule. Petite à la rigueur mais minuscule ? C'est marrant. Mon corps refuse de m'obéir et m'empêche de voir qui se permet de me voir autrement que comme une femme aux formes harmonieuses et à la forte personnalité. C'est comme si je m'éveillais d'une longue sieste et savourais le moment. Je me sens au chaud et en sécurité, pas sur le point de... oh !

J'ouvre enfin les yeux, les murs gris de l'unité de recrutement dans lequel j'ai passé les derniers jours ont disparu. La structure semble plus basique, le plafond et les murs sont en tissu tendu. Je ne vois pas grand-chose, trois hommes me regardent d'un air menaçant. J'écarquille les yeux devant leur stature. Ils sont extrêmement grands et... *grands*. Je n'ai jamais vu d'hommes aussi grands. C'est leur taille normale ?

Tout est foncé chez eux. Leurs cheveux, leurs yeux, leurs vêtements et leur peau bronzée. Ils me font penser à des méditerranéens ... Mais le centre de recrutement ne m'a pas envoyé en Europe ou au Moyen-Orient mais sur une autre planète. Trion ? C'est ça ? À quelle distance suis-je de chez moi ? La gardienne Egara ne m'a pas dit à quelle distance se trouvait cette planète avant de faire glisser son doigt sur l'écran et me transporter. Tout s'est passé très rapidement, comme lorsqu'on s'endort lors d'une anesthésie et qu'on se réveille totalement inconscient, sans savoir ce qui s'est passé entre temps.

Je suis allongée sur le côté, non plus sur ce fauteuil inconfortable dans la pièce de recrutement mais sur un lit étroit. Mes poignets et mes chevilles ne sont plus entravés, je repousse une mèche de cheveux derrière l'oreille à l'aide de ma main droite.

Oui. Ça y est. Je la sens. La petite boule que m'a occasionné l'implant du ministère de la justice, la puce qui me ramènera un jour sur Terre, s'ils tiennent leur promesse. Pour le moment, je dois survivre en tant que Evelyn Day, inculpée de meurtre.

Je cligne des yeux, perplexe, j'essaie de prendre mes repères. J'ai toujours su qu'il existait d'autre planètes mais les médias ne nous ont jamais montré d'images. Le transport extra-planétaire est réservé au personnel militaire ou aux femmes concernées par le Programme des Épouses. J'ai toujours cru que les extraterrestres étaient très différents des êtres humains, je ne me trompais pas totalement. Ces hommes, s'ils sont représentatifs de leur planète, sont de très séduisants spécimens très semblables aux hommes. Séduisant n'est pas le terme exact. Fort, viril. Splendide.

Néanmoins, leur puissance et leur rudesse, leur taille immense, la très forte probabilité qu'ils me veulent du mal me fait reculer.

Le mur est souple derrière mon dos, je tends la main pour garder l'équilibre. Je suis à quatre pattes, les hommes me reluquent de la tête aux pieds. L'air est chaud—où suis-je—je le sens sur ma peau nue. Je ne suis plus en prison. Je suis nue.

« Où sont mes vêtements ? »

Je gémis en essayant de me couvrir tout en regardant autour de moi. Je suis dans Spartan, il n'y a qu'un lit sur lequel je suis assise et une table au milieu de la pièce. La pièce n'est pas très grande, à moins que la haute taille des hommes ne la fasse paraître plus petite. De gros câbles noirs et des gadgets en métal s'alignent sur le mur, un mélange entre l'équipement médical de l'hôpital et mes appareils de cuisine.

« Tu as été transportée et enregistrée comme l'exige la coutume, » dit l'un deux.

« Mais je suis nue. »

J'ai les mains glacées, je regarde mes mamelons. Ils portent des anneaux d'or. Comme si ça ne suffisait pas, une chaîne en or les relie et pend au niveau de mon nombril.

J'ai... hum, eu des piercings aux tétons. Je n'arrive pas à détourner la vue de cet étrange spectacle. Les anneaux sont plus petits qu'une alliance, la chaîne est mince comme une cordelette et ornée de petits disques en or.

« Vu ta réaction, tu n'as pas l'habitude d'être parée de bijoux sur Terre. »

Je ne lève pas les yeux pour voir qui a parlé.

Parée ? Étonnamment, les piercings de mes mamelons ne sont pas douloureux, bien que flambant neufs. Ils seront certainement endoloris. À l'âge de dix ans on m'a percé les oreilles, les trous ont mis plus d'un mois à cicatriser. Je ne ressens aucune douleur, ça tire un peu à cause du poids de la chaîne. C'est léger mais constant... et excitant. Mes tétons durcissent et je halète, je croise les bras sur ma poitrine.

« Bienvenue sur Trion. Je suis Tark, ton nouveau maître, tu es dans l'antenne médicale à l'Avant-poste Neuf. Je t'ai amenée ici pour que tu vois le médecin après ton transfert, parce que tu ne t'es pas réveillée. »

C'est celui de droite qui parle, sa voix grave m'est familière. Ses yeux noirs rencontrent et soutiennent mon regard. Je ne peux détourner le regard, je n'en ai pas envie, je ressens ... quelque chose. Aucun homme sur Terre ne m'a jamais regardée aussi intensément. Il me possède avec son seul regard.

Pourquoi sa voix me semble familière ? C'est étrange et tout à fait impossible. Il jette un coup d'œil vers l'un des hommes, ils me regardent d'un air entendu.

« Voici Goran, mon second. »

L'autre homme m'adresse un signe de tête. Il semble plus jeune que Tark, deux ou trois centimètres de moins mais tout aussi bien bâti.

« Et voici Bron, le médecin de service à l'Avant-poste Neuf. »

Le troisième homme m'adresse également un léger signe de tête et garde le silence. Il ne me fixe pas comme Tark, il parcourt mon corps. J'essaie de me couvrir des mains mais je sais qu'il voit *tout*.

Ils portent tous les trois des pantalons et des chemises noirs, exceptée celle de Tark qui est grise. La coupe est semblable à celle que portent les hommes sur Terre, bien que je n'aie jamais vu d'épaules aussi larges et de corps aussi bien taillés. Ces hommes sont puissants, leurs vêtements mettent leurs atouts en valeur.

Tark seul s'adresse à moi.

« Evelyn Day, tu m'as été attribuée via le traité interplanétaire. Je me suis assuré de ton état de santé mais le transfert a pu t'endommager. Tu as dormi plus que prévu. Bron va t'examiner pour s'assurer que tu n'aies pas subi de dommages. Debout. »

Il me tend sa grosse main. Je la regarde, puis le regarde lui, attentivement. Prudemment.

« M'examiner ? »

Je demande en écarquillant les yeux. Je sens le rouge me monter aux joues et je bredouille.

« C'est… pas nécessaire. Comme tu viens de le dire, je suis juste … minuscule. »

Il s'approche et retire sa main. « Je ne suis pas d'accord. Je prends soin de ce qui m'appartient. »

Il attend patiemment et soupire.

« Ta solution sur Terre c'était la prison. Je suis satisfait de ton choix, parmi toutes les partenaires possibles du Traité Interplanétaire, les besoins de ton subconscient s'adaptent à merveille à notre mode de vie. Nous allons répondre à nos besoins mutuels. »

Il fait une pause et j'enregistre ses paroles. Il va me procurer ce dont j'ai besoin ? Comment est-ce possible, tout ce dont j'ai besoin c'est de rentrer chez moi, témoigner et reprendre ma vie comme avant ?

Il s'avance et fait courir ses doigts sur ma joue.

« Ton passé ne compte pas, *gara*. Tu m'appartiens désormais, tu m'obéiras désormais en tous points. »

Il baisse d'un ton, il n'y a pas de contestation possible.

Je fronce les sourcils, mécontente, mais son contact me fait de l'effet.

Je prends sa main, je n'ai pas le choix. Sa grande main enveloppe ma paume. Elle est chaude, tendre mais je doute qu'il me laisse filer. Je ne pourrais échapper à ces hommes même si je décidais de courir et, même si je réussissais à m'évader, j'ignore où je me trouve. Le seul moyen de retourner sur Terre est d'emprunter le transporteur, ils ne m'amèneront jamais vers un poste de transport avancé et de toute façon, je ne saurais pas comment le faire fonctionner. Je suis bel et bien bloquée ici avec *lui*. Du moins, jusqu'à ce que je rentre témoigner. Selon le procureur, ça peut durer des mois. *Des mois* avec cet homme sur cette étrange planète ? Je déglutis difficilement.

Il m'aide à me lever et je chancèle, la chaîne accrochée à mes seins oscille. Le sol est fin et gris. Il y en a partout, jusque sur les murs. Du sable ? On est dans le désert ? Serait-ce la raison de cette chaleur, de leur peau bronzée ? La marque de mes pieds nus à côté de leurs trois paires de bottes détonne.

Je lève la main pour faire signe que je m'arrête. Il

me tient tandis que je jette ma tête en arrière, pour rencontrer son regard.

« Qu'est… que vas-tu faire de moi ? »

Ses yeux sombres me dévisagent, il parcourt mon corps. Je rougis, lui et les autres voient tout.

« Tu es notre première Terrienne, je dois t'examiner de plus près. »

Le médecin me toise tout comme Tark auparavant, mais avec lui je me sens … nue et sale. Je connais bien ce regard. Les hommes lubriques ne sont pas l'apanage de la Terre.

Je me déplace vers Tark, je me sers de lui comme d'un bouclier. L'odeur de sa chemise m'enivre. Nette, franche et légèrement mystérieuse. J'aime bien. Cette odeur serait-elle la clé de notre association ?

« Je n'ai pas besoin d'être examinée et vous ne me verrez pas de plus près. Je me porte bien, sinon on ne m'aurait pas envoyée ici. Je ne suis pas un cobaye. Je suis une partenaire. »

Je relève le menton et affermis ma voix, mais je suis à la merci de ces hommes. J'ignore si le terme de partenaire confère un quelconque statut sur Trion, mais je doute qu'un homme permette à un autre *d'examiner* sa partenaire pour s'amuser.

Je ne lève pas les yeux mais je peux voir que Tark regarde les deux hommes devant moi.

« Tu lui permets de te parler de la sorte ? »

Demande Bron à Tark, en me jetant un regard assassin.

Tark ferme son poing.

« Je devrais peut-être te permettre d'examiner *ma* partenaire pendant que tu bandes ? »

L'homme se tourne et a la décence de paraître gêné.

Tark lève sa main pour lui signifier de partir, je ressens, plus que je ne l'entends, un rugissement rauque sortir de sa poitrine.

« Goran, fais-le sortir. J'examinerai ma partenaire moi-même. »

Goran acquiesce et éloigne le médecin. Tout en jetant un dernier regard par-dessus son épaule, Bron se laisse guider hors de la tente grâce à un rabat situé sur le mur opposé. Je distingue vaguement la forme d'autres tentes, puis la vue est à niveau occultée.

Seul avec moi, Tark me regarde de la tête aux pieds, un immense guerrier mourant d'envie de se taper son épouse. Je n'arrive pas à croire que cet homme soit mon partenaire. J'ai toujours rêvé de trouver quelqu'un de spécial, savoir que c'est *lui* change la donne. Il n'y a pas eu de rendez-vous, pas de cour assidue pour découvrir nos passions communes et notre compatibilité. C'est plutôt énervant. Ajoutez de surcroît que je me retrouve sur une planète au fin fond de la galaxie !

J'entends du bruit derrières les parois fines : des voix, de drôles de bruits mécaniques, des bruits inhabituels d'animaux. Des chevaux ? Quel genre d'animaux ont-ils sur Trion ?

« Bron dit vrai. Tu n'as pas à lui parler sur ce ton. »

J'écarquille les yeux. « Il ne s'est pas comporté comme un médecin. »

Il réfléchit un moment. « Tu es nouvelle ici, j'en tiendrai compte pour ta punition.

– Puni— »

Il lève la main et m'interrompt. « L'impertinence est interdite. »

Je fronce les sourcils. « C'est *lui* qui s'est montré impertinent. »

Tark rejette ses épaules en arrière, on dirait qu'il grandit de deux centimètres. « Qui est impertinent là ? »

En deux enjambées, il se dirige vers un simple banc, vraisemblablement en bois. Il y a des arbres sur Trion ?

Il s'assoie et me tend sa main. « Viens. »

Je regarde ses gros doigts mais ne bouge pas. « Pourquoi faire ? »

« Je vais te donner ta première leçon sur Trion. »

Ça parait réaliste puisque je ne suis sur cette planète que depuis cinq minutes environ. Je m'approche de lui. En deux temps trois mouvements, il m'attrape par la taille et me pose sur ses genoux. Je ne suis pas petite mais il m'a soulevée comme si j'étais chétive.

Mes hanches reposent sur ses cuisses musclées, le haut de mon corps est incliné vers le sol gris, mes seins ballottent. La chaîne qui pend entre eux frotte contre le sol. Mes pieds touchent le sol, j'essaie de prendre appui dessus.

« Qu'est-ce que tu fabriques ? » Criais-je, le sang me monte à la tête.

« Laisse-moi me lever ! »

Tark place sa main chaude sur mes reins afin de me maintenir en place, j'essaie de le frapper, il bloque mes chevilles avec l'une de ses jambes.

« Ne bouge pas, *gara*. Je comptais t'infliger ta punition, mais pas aussi rapidement cela dit.

– Une punition ? hurlais-je. Tu devais m'en apprendre plus au sujet de Trion !

– Justement. C'est un début. »

Sa main s'abat sur mes fesses avant même que je la sente. La douleur cuisante irradie sur ma peau nue.

« Tark ! Arrête, espèce de connard... dominateur ! »

Il me frappe encore. Et encore. Il frappe à chaque fois à un autre endroit. La peau me brûle.

J'ai du mal à respirer, mes cheveux me tombent sur le visage et je le frappe pour m'en sortir. Il me frappe durement, j'arrive à protéger mes fesses de mes mains mais au lieu de le décourager, il attrape mes poignets de sa main libre tel un étau et continue.

« Tu vas finir par écouter ... en te taisant ? » Demande-t-il en frottant ma peau chaude. Je dois être rouge vif et tuméfiée.

J'ai peur de parler, je hoche la tête et m'affale sur ses genoux.

« Ah, *gara*. Ta soumission fait plaisir à voir. » Avant que je n'aie le temps de réfléchir, il continue, « Nous parlons avec un certain respect ici sur Trion. Cela s'applique aussi au comportement. »

Je retire une mèche de cheveux de ma bouche et réalise que Tark me traite d'impolie. Qu'est-ce qu'il croit, que les terriens sont tous des sauvages ?

« Tu n'as pas à discuter avec le médecin. Je m'en occupe. Il s'est montré impertinent, comme tu l'as dit, mais il est de mon devoir, en tant que ton partenaire de défendre ton honneur. De défendre ton statut de femme dans cette société. De te protéger. Quand tu parles à tort et à travers, tu me coupes l'herbe sous le pied et tu me déshonores. »

C'est quelque peu démodé mais je comprends son raisonnement. Je touche le sol doux. C'est bizarre d'avoir une conversation en regardant par terre, être fessée ne l'est pas moins. Bref, ça se passe comme ça sur Trion. « Je dois m'adresser à toi avec respect ?

– Tu connais les us et coutumes sur Trion ? »

Je secoue la tête.

« Tu sais qui je suis ? »

Je secoue à nouveau la tête.

« Le docteur Bron ou l'examen qu'il voulait te faire subir ?

– Non.

– Si on débarquait sur Terre, tu viendrais me parler, tu m'aiderais à trouver mon chemin ? »

Je serre à nouveau les dents, je déteste son raisonnement qui tient la route.

« Oui. »

Il relâche son étreinte sur mes poignets et m'aide à me relever, je me tiens entre ses genoux écartés. Les fesses me brûlent à cause de la fessée. Heureusement qu'il est grand, ses yeux ne m'arrivent pas au niveau de la poitrine. Je me sens tout autant exposée et vulnérable, surtout après qu'il ait pointé mes erreurs du doigt.

« Je dois vérifier ton implant. »

Ses paroles me tirent de ma réflexion. Je suis surprise qu'il passe d'un sujet à l'autre avec autant de facilité. Il m'a infligé ma punition, on passe à autre chose ?

« Ton neuro-processeur fonctionne correctement puisque tu comprends ce que je dis. »

Je fronce les sourcils. « Quoi ? »

De quoi parle-t-il ? Quel neuro-processeur ?

« N'aie crainte, il est petit. »

Je suis de taille moyenne et fais deux tailles de plus que les normes médicales sur Terre. Je ne suis pas *petite*, mais comparée à mon nouveau partenaire, je me sens toute petite et très, très femme.

Tark lève ses mains à hauteur de mon visage et ses doigts parcourent mes tempes, juste au-dessus des yeux. Il a dû trouver ce qu'il cherchait parce que lorsqu'il appuie légèrement dessus, je sens deux bosses étranges s'enfoncer dans mon crâne. Ce n'est pas douloureux mais pour le moins étrange. « C'est quoi ? »

Tark enlève ses mains, je touche, les doigts tremblants, au même endroit et je sens les petites boules sous ma peau.

« Ce sont des neuro-processeurs, aussi appelés NP. On les implante à la naissance de tous les membres des races supérieures du Programme des Épouses Interstellaires. Le NP augmente tes capacités cérébrales quant à l'apprentissage de la compréhension des langues et des mathématiques et améliore ta mémoire. Nous utilisons la langue de ma planète, elle a été téléchargée dans ton NP avant ton arrivée. »

Putain de merde. Je suis devenue une cyborg ou quoi ?

« J'ai une technologie extraterrestre implantée dans la tête ? De minuscules câbles sont reliées à mes cellules cérébrales ? Comment le système du NP s'intègre et communique avec le tissu organique ? » Mon esprit médicalement entraîné se pose des centaines de questions sans réponses.

Tark écarquille les yeux et ébauche un rictus. « Tu n'es pas un peu trop curieuse ? »

Au lieu de répondre à mes questions, il jette un œil

en direction de la table au milieu de la pièce. « Allonge-toi, Evelyn Day. »

Sa voix est toujours aussi grave, mais moins mordante que lorsqu'il m'a fessée.

Je ne peux pas me soustraire à mon partenaire ni à ce qu'il a prévu pour moi. Je pourrais essayer, mais je décide de ne rien faire, mes fesses sont douloureuses et je paie encore les conséquences de mon comportement. Le médecin a déclenché ma fureur, je me sens tout autre avec Tark. Je n'ai pas apprécié qu'il me frappe—absolument pas—mais son explication tient la route et je me *suis* trompée. Il m'a puni et est passé à autre chose. Je dois, moi aussi, passer à autre chose, en tirer les leçons. Je n'ai pas envie qu'il recommence. Je frotte ma peau chaude.

Bizarre. Quelque chose dans sa puissance, son côté protecteur—il m'a protégé du médecin—et son côté dominateur m'excite énormément. En voyant son corps massif et musclé sous ses vêtements sombres, j'ai envie de lui plaire. J'aimerais tant effleurer ses bras, sentir ses biceps, ses larges épaules, descendre en direction de sa poitrine. Il doit avoir des abdos bien musclés. Et plus bas …

Je m'allonge sur la table et Tark me suit. Ses mains sur mes hanches, il me soulève sur la surface métallique, je laisse échapper un sifflement en sentant le contact frais sur mes fesses brûlantes.

« Allonge-toi sur le dos, » me dit Tark.

Je me lèche les lèvres et m'installe sur la table, il me regarde de la tête aux pieds. Contrairement au médecin, Tark me regarde avec excitation, c'est certain, mais également avec une sorte de respect. Je sens son regard de braise, ses doigts parcourent mes courbes.

« Comme je te l'ai dit, je dois t'examiner pour m'assurer que tu vas bien. J'ai des plans pour toi, *gara*. »

Je lèche mes lèvres sèches en entendant sa voix rauque.

« Je vais te toucher. »

Je halète lorsqu'il prend mes seins en coupe, doucement, ses mains sont calleuses.

Il regarde mon mamelon durcir, il frotte son doigt sur le téton, fait tourner l'anneau d'or.

« À quoi … à quoi servent les anneaux ? » Demandais-je doucement.

Je frissonne à l'idée qu'un étranger—qui est aussi mon partenaire—me touche.

« Nous parons nos femmes de bijoux, nous trouvons que les anneaux sont beaux et excitants. » Il regarde mes seins et répond. « Toutes nos partenaires portent des anneaux aux mamelons. En signe d'appartenance et de respect.

– Ça ne fait pas mal, » je chuchote.

Il sourit. « J'espère bien. Je ne veux te procurer que du plaisir, *gara*, rien d'autre. »

Non, ça ne fait pas mal du tout. Le frottement du métal me procure une drôle de sensation. Mes mamelons ont toujours été très sensibles, mais maintenant, je me cambre pour épouser la forme de sa main.

« Tu as été recrutée conformément à nos règles sociales. Ça prend normalement plusieurs semaines pour que les anneaux cicatrisent, je n'ai pas l'intention d'attendre aussi longtemps pour te toucher... ici. »

Il donne un petit coup sur l'anneau et je halète. « Le transfert et ses avantages... mutuels. »

–Et la chaîne ? »

Tark soulève la chaîne, plusieurs petits disques d'or comportent une gravure. « C'est le symbole de ma naissance et de ma lignée. Ça signifie que tu m'appartiens. Jusqu'à ce que je te possède et te marque de façon permanente, c'est aussi un gage de protection.

–De protection ? » Je ne vois pas comment des anneaux de mamelons me protégeraient, mais vue la façon dont il continue de jouer avec, je m'en contre-fiche.

« Personne n'osera toucher ce qui appartient au haut conseiller. » On dirait un homme des cavernes possessif.

« Assez posé de questions. Place tes mains sur ta tête, que je puisse t'examiner. »

Je me fige, je me protège avec les mains. « Tark, je ne—

–Ça... » Il agite un peu sa main et tire doucement sur la chaîne, une décharge de plaisir va de mes mamelons jusqu'à mon clitoris, « ... c'est un outil dont je me servirai pour que tu apprennes à obéir, *gara*. L'une des nombreuses manières que ton corps apprendra pour obéir au mien—et apprendre à te taire. »

Il relâche la chaîne et je la sens à nouveau sur ma peau, le métal froid est devenu chaud suite à son contact. Tark prend mes poignets dans ses grosses mains et me fait pivoter jusqu'à ce que mes mains soient au-dessus de ma tête sur la table d'examen, comme il me l'a demandé.

« À moins que tu ne préfères que je te mette à plat ventre et que je te frappe à nouveau. À toi de voir. »

Je lève les yeux au ciel et m'aperçois qu'il l'envisage sérieusement.

« J'ai pas vraiment le choix, » dis-je en ronchonnant.

Il me décoche un petit sourire. « Tu apprends vite, *gara*. Sache que je ne te ferai jamais de mal. Et je ne te permettrai pas qu'on te fasse du mal. Bron— il crache le nom du type —est nouveau dans mon service. Vu la façon dont il s'est comporté, je nommerai un nouveau médecin dès notre retour au palais. Je ne permettrai pas qu'il traite ma partenaire de la sorte. »

Il n'a donc pas cautionné l'attitude du médecin tout à l'heure. Si j'avais tenu ma langue, Tark aurait licencié cet homme et j'en serais au même point—sans les fesses en feu.

Le regard de Tark passe de mes gros seins à mon visage. « Je vais te toucher, tu vas me dire si tu ressens la moindre gêne ou douleur depuis ton transfert. »

Ses mains descendent de mes bras à mes seins, de ma poitrine à mes hanches. J'ai la chair de poule. Il découvre mon corps tel un spécimen fascinant, quelque chose de jamais vu, pas forcément avec une connotation sexuelle. La douceur de son contact apaise mes craintes, je ne peux m'empêcher de me concentrer sur autre chose.

La chaleur de ses mains. Les battements de mon cœur. Ses mains sont chaudes comme du feu et il est très minutieux. Malgré ma réticence psychique de refuser qu'un étranger me touche si intimement et malgré le stress des dernières semaines, mon corps sait ce qu'il veut et ce dont il a besoin. Il répond avec un désir si vif que j'en suis la première surprise. Ses mains passent sur mes jambes et glissent entre mes cuisses.

Je halète, je me cambre sur la table comme s'il m'avait fait subir un choc électrique. Je ferme les genoux, sa main est prisonnière. Il relâche son étreinte sur mes poignets et dessine la courbe de mon ventre jusqu'à la chaîne et tire légèrement dessus. Je crie et ferme les yeux. Le voir devant moi, dominateur, intense, me fait penser à l'impensable. Comme permettre à un parfait étranger de toucher ma chatte. Non, pas permettre, vouloir. Je veux que mon partenaire me touche.

C'est quoi mon problème ? Le transfert m'a rendue folle ? Je suis une chaudasse ? J'ai un neuro-processeur jouant le rôle de stimulant sexuel qui booste ma libido ? Il s'agit purement et simplement de sa testostérone.

« Ecarte tes jambes, *gara*. Maintenant. N'aie pas peur.

–Je ne suis pas… Je ne… »

Je n'ai pas peur de lui. Au contraire. J'ai peur de moi, peur de lui donner ce qu'il veut en retour. Je ne le connais pas le moins du monde, mais ses mains douces et ses ordres menacent de briser ma retenue, de briser les règles que j'ai instaurées auprès des hommes. Et je viens à peine de le rencontrer.

Il s'approche, sa bouche se referme sur mon mamelon ; sa langue tourne autour du petit anneau, je pousse un gémissement de plaisir. « Ouvre-toi pour moi, partenaire. Montre-moi ce qui m'appartient. »

Sa main. Son baiser. Sa chaleur.

Mon partenaire. Le mien. Il m'appartient autant que je lui appartiens. Du moins pour le moment.

J'écarte mes genoux en grand et ouvre les yeux tandis qu'il délaisse mes seins et se rapproche de mon sexe.

Sur les coudes, je regarde mon corps et j'écarquille à nouveau les yeux. « Je n'ai plus de poils. »

Je pensais que ça serait différent… en bas, mais j'étais trop distraite par les anneaux, la chaîne de mamelons et la fessée pour remarquer qu'on m'a rasée la chatte.

« C'est sensible n'est-ce pas ? » Il pose la question et se penche pour souffler de l'air chaud sur les lèvres de ma chatte.

Il n'a peut-être jamais touché de terrienne avant mais il sait très bien s'y prendre. Il souffle à nouveau et je tressaille. Il me fixe, son visage est si proche qu'il peut sentir mon odeur, je me demande...

« Je suis ... comme les femmes de ta planète ?
–Mmm. »

Je pensais qu'il allait ignorer ma question, mais apparemment, il a décidé de pousser ses investigations plus avant. Tark prend quelque chose sur la table, un moment plus tard, il insère doucement un objet dur et froid dans mon vagin. Je remue bras et jambes pour m'échapper.

« Stop. Qu'est-ce que tu vas me faire ?
–Ne bouge pas. »

Je remue la tête, perplexe et surprise à la fois. Il saisit mes poignets encore une fois et les menotte à la table. Je penche la tête en arrière, je suis entravée. Inutile de tirer dessus. Ça ne bouge pas. C'est comme le rêve au centre de recrutement, je suis attachée et un homme me touche. Je me souviens de ma chatte mouillée. Je lutte et je mouille encore plus, mes fluides dégoulinent le long du gode qui me pénètre. Je suis attachée et un homme est penché sur moi, il pourrait me faire mal vu sa stature, mais il ne me procure que du plaisir—un plaisir étrange, inconnu, effrayant. J'ai les fesses en feu à cause de la fessée mais je suis contrainte d'obéir.

Tark pose sa grande paume sur mon ventre tandis qu'une étrange sensation de ronronnement s'échappe de mon vagin, la chaleur se diffuse de ma chatte à mon cul, très en profondeur, jusqu'aux lèvres de ma chatte et mon clitoris, on dirait des petites décharges électriques. Ça ne ressemble à aucun gode connu—ou expérimenté.

« Ah ! » Mes hanches se cambrent sous la sensation renversante et le regard sombre de Tark est comme hypnotisé, il guette mes réactions.

L'étrange appareil dans ma chatte bipe trois fois, et à nouveau sur mon clitoris. C'est impossible à décrire. Ce n'est pas douloureux, loin de là. C'est incroyable, c'est bien là le problème.

« Laisse tomber partenaire. Soumets-toi à l'examen, tout comme tu te soumets à moi. »

3

« Ce n'est pas un examen. C'est— » Une onde électrique déferle de ma chatte à mon cul, je lutte pour que mon corps m'obéisse mais une autre décharge dans mon clitoris me pousse au paroxysme. L'intérieur de ma chatte et mon bas ventre palpitent si fort que j'ai l'impression que je vais jouir.

« Oh, mon Dieu. »

Mon corps s'arcboute sur la table, je ne maîtrise plus rien. J'essaie de défaire mes menottes. Frémissante et éteinte, je me détourne de mon nouveau partenaire. Je reprends mon souffle en ravalant mes larmes. L'appareil en moi n'émet qu'un vrombissement quasi imperceptible. Mais après le choc bouleversant de cet orgasme forcé, cette petite vibration s'oublie facilement.

La pression exercée par Tark sur mon ventre et mes

cuisses se dissipe, il se baisse entre mes jambes pour retirer l'objet extraterrestre de ma chatte. J'aimerais me cacher mais je suis attachée. Comment ai-je pu être aussi sensible à ce stupide instrument médical ? Que m'a-t-il fait ?

Il consulte l'écran d'affichage de l'outil argenté arrondi et hoche la tête. « Excellent, Evelyn Day. La sonde médicale indique que tu es fertile, que tu n'as pas de maladie, tes systèmes nerveux et de reproduction sont à des niveaux optimum. »

« Laisse-moi partir. » J'essaie de serrer les jambes, mais il les maintient au niveau des genoux.

Il me regarde de ses yeux sombres, « Tu m'appartiens et je ne te laisserai pas partir. Ton corps a hâte de me connaître.

–Hâte ? Tu m'as forcée à éprouver du plaisir. Regarde-moi ! Je suis attachée sur cette table et mes fesses me font mal. »

Une larme roule sur ma joue.

Il l'essuie avec son doigt et rétorque, « Tu devais subir les tests. Y'a pas de mal à éprouver du plaisir en se soumettant aux tests. En te soumettant à moi. »

Il insère son doigt épais dans mon intimité, je suis gênée de le sentir glisser aussi facilement dans ma moiteur. « Tu vois ? Tu mouilles. Ça te plaît d'être attachée et offerte.

–Comment tu le sais ? répliquais-je.

–Parce que tu es ma partenaire. On ne remet pas en

cause un couple parfait. » Il touche mon clitoris et mes hanches se cambrent, à ses ordres et curieux d'en savoir plus. Apparemment, mon corps et mon esprit ne sont pas synchrone.

« Tu ressembles beaucoup à nos femelles. Tu vas aimer sentir mon doigt ici… et là. »

Je secoue la tête. « N-Non. »

Il se sert de trois doigts maintenant, son pouce sur mon clitoris et deux doigts qu'il glisse profondément en moi.

« Tu vas jouir quand je te touche, même si on ne se connaît pas. Nos corps, nos esprits, nos âmes sont connectés. Laisse tomber, *gara*. »

Mes bras s'agitent et je me décontracte sur la table. Il me branle et trouve mon point G. La sonde m'a procuré un plaisir intense, ses doigts provoquent une toute autre sensation. Ils sont bien plus adaptés et lui appartiennent. Encore excitée par mon *examen*, je gémis et ondule des hanches sous sa main, j'en veux encore, mon corps veut jouir sur sa main.

« Oui, tu es très semblable. Ah, ma partenaire, vue ta réaction, je pense avoir trouvé la zone qui te donne du plaisir. Tu vois ? Je t'ai lié les mains parce que je sais que tu aimes ça. Ça te procure encore plus de plaisir. »

Il a raison et un autre endroit intime qui m'excite. S'il continue, je vais encore jouir. Je halète maintenant, je mouille, je suis mortifiée de réagir si violemment. Un total inconnu. Ça ne peut pas m'arriver, pas à moi. Il doit y avoir une explication rationnelle.

« Vous droguez les femmes que vous transférez ? »

–Non. » Son regard change instantanément, passant de généreux et indulgent à froid et insulté. « Nous ne droguons pas les femmes par plaisir. Ce n'est pas nécessaire, comme tu as pu le constater. Ces lâches de terriens font ça à leurs partenaires ? »

« Certains. » Je l'ai insulté, ce n'était pas le but. Mais sérieusement, que diable m'arrive-t-il ? « Je suis désolée, je voulais juste…

–Aucun homme digne de ce nom n'a besoin de droguer sa partenaire pour la séduire. » Il retire doucement et délibérément sa main de ma chatte et je me sens abandonnée. En manque. Faible. Il délie mes poignets. Les larmes me montent à nouveau aux yeux, je sais, sans l'ombre d'un doute, que je perds mon sang-froid. Les jours derniers ont été plus éprouvants que prévu. Le meurtre dont j'ai été témoin. L'exfiltration pour rester saine et sauve. La nouvelle identité et le recrutement. La terreur d'être envoyée dans un nouveau monde, chez un homme inconnu.

« Je suis désolée, Tark. Je ne voulais pas t'offenser.

–Tu es fatiguée et dans un nouveau monde. » Il porte ses doigts luisants à sa bouche et sourit. Oh, mon Dieu, il me goûte. C'est très érotique, je referme mes cuisses pour me calmer. « Sucré. Comme le fruit *rova*. »

Je ne peux pas répondre, que dire à un homme qui vient de lécher ses doigts enduits de mes jus ?

« Pendant ton sommeil, les scanners de Bron n'ont décelé aucun problème de santé. Tu as satisfait le dernier examen avec du plaisir exclusivement—aucune douleur—je présume que le transfert - sans repos - était de trop pour ton corps fragile de femelle. »

Je ne peux qu'acquiescer. Je devrais ressentir de la honte, de la gêne ou de la crainte que Tark me touche de façon aussi intime. Je suis toujours nue, exposée et vulnérable et définitivement à sa merci. Je ressens tout, mais mon esprit et mon corps sont en émoi, il m'a touchée, je me sens en sécurité, désirable et excitée au possible.

Je n'ai pas remarqué la présence de Goran. « Le médecin est sur le dernier convoi à l'Avant-poste Dix-Sept. »

Tark ne cesse de me regarder. « Bien. Tout est prêt ?

–Oui monsieur. »

Tark pose la sonde argentée, se déplie, se baisse, me met debout devant lui. Je peux voir à quoi ressemble l'instrument. C'est un gode d'un autre monde. S'ils les vendaient sur Terre, Tark ferait fortune.

Goran tend une couverture à Tark, il m'en entoure telle une cape.

« Désormais, ton corps m'appartient. Aucun autre homme n'a le droit de te regarder sans ma permission. Tu comprends ? »

Sans sa permission ? Ça signifie qu'il serait d'accord ? Je suis perplexe, mais avant que je puisse poser la moindre question, il me prend dans ses bras et suit Goran à l'extérieur de la tente. L'air est chaud et sec mais il fait nuit, l'unique lumière provient de petits poteaux solaires plantés à intervalles réguliers dans le sol. Je devine de nombreuses tentes, Tark et Goran se déplacent tels des fantômes, sans bruit. Il n'y a personne ; la nuit est peut-être très avancée. Un bruit d'animal, le braiement d'un âne, rompt la tranquillité. Les pas des hommes sont bien trop silencieux pour leur stature.

Tark me porte tandis que nous traversons une vaste étendue de sable, semblable à celui que j'ai vu dans la tente médicale. J'ai été transportée dans une sorte de camp du désert. Il a dit comment ça s'appelait … Avant-Poste quelque chose. Je ne me souviens pas.

Goran soulève le rabat d'une autre tente—elles sont toutes semblables dans l'obscurité—Tark se baisse pour me déposer à l'intérieur. Des tapis doux formant un patchwork recouvrent totalement le sable que je devine sous nos pieds. Un lit de couvertures moelleuses et de fourrures occupe un côté de la tente, une petite table recouverte de bols contenant d'étranges fruits bleus et violets occupe l'autre côté.

« Voici ma tente durant notre séjour à l'Avant-poste Neuf. Aux dernières nouvelles, tu n'as pas été endommagée pendant le transfert et tu es facilement excitée. »

Tark me conduit vers une étrange table au centre de la pièce, il me met debout et ôte la couverture de mes épaules. Mes seins balancent tandis que je bouge, la chaîne frotte contre mon ventre et tire sur mes mamelons. Le mouvement et le poids me donne des fourmillements.

Je rougis et jette un œil à Goran. Le visage de cet homme est dénué de toute expression. Qu'est-ce qu'on fabrique dans sa tente ?

« Je vais te baiser maintenant, » ajoute Tark.

Il me parle comme si on allait à l'épicerie. On n'est pas sur Terre et Tark ne mâche pas ses mots.

J'écarquille les yeux. Je commence à paniquer. « Hein ? Pourquoi ? Nous … attends ! Je ne veux pas. »

Il ne me lâche pas mais il commence à frotter mon dos nu de sa main libre. Pourquoi sa main est-elle aussi chaude ?

« Je suis ton partenaire, *gara*, et je connais tes désirs. Je sais comment te protéger dans mon monde. Souviens-toi, je ne te donnerai peut-être pas toujours ce que tu veux, mais je te donnerai toujours ce dont tu as besoin. »

Je n'apprécie pas du tout sa réponse. Comment peut-il connaître mes désirs ? On vient tout juste de se rencontrer. Ma chatte, quant à elle, se contracte encore, ce sont les répercussions prolongées de ce dispositif médical. Stupide appareil en forme de gode.

« Je n'ai pas *besoin* qu'on me baise, » répliquais-je, sans avoir besoin de regarder mes mamelons dressés.

Le fait de m'avoir doigtée m'a laissée plus excitée que jamais. Inassouvie.

Il me sourit et me regarde différemment, il est si séduisant que j'en ai le souffle coupé.

« Tu en es sûre ? Tu dégoulinais sur mes doigts il y a quelques minutes à peine. Tu hurlais de plaisir pendant l'examen de neuro-stimulation. J'ai léché tes fluides sur mes doigts. Tu vas le nier ? »

J'essaie de me libérer mais il est trop fort. Il glisse à nouveau ses doigts entre mes lèvres et les lève, ils sont tout brillants de mes fluides. J'ai les joues en feu.

« Ton corps n'est pas en accord avec ton esprit. Obéis-moi ou tu seras encore punie. »

Je déglutis en entendant le ton formidable de sa voix, mes fesses sont encore douloureuses. « Encore ? Mais j'ai rien fait de mal ! »

Tark soupire. « Tu penses trop. Tu as peut-être *besoin* d'une punition. »

Il m'attire vers une petite table, je traîne la patte et entrave son avancée.

« Obéis, répète-t-il en me regardant. Penche-toi sur la table. »

Je regarde l'étrange table, certainement pas conçue pour manger dessus.

« Pourquoi ? » demandais-je en fronçant les sourcils.

Il soupire une fois encore mais garde son calme. « Les femmes sur Terre sont toutes aussi contrariantes et curieuses que toi ? »

Il pose sa main sur mon dos et me penche sur la table. Son contact est léger mais l'intention sous-jacente est claire. *Il fera comme il voudra et tout au fond de moi, j'ai envie de lui.*

La table est plus étroite que ce je que j'imaginais, elle ne couvre que mon ventre, je pousse un sifflement en sentant la surface froide sur ma peau. Mes seins et la chaîne pendouillent. La table se lève automatiquement jusqu'à ce que mes orteils touchent le tapis. Tark s'accroupit et attache mes chevilles aux pieds de la table à l'aide d'une bandelette en cuir souple. Je me débats mais c'est peine perdue. Les liens sont très serrés.

« Inutile de t'agiter ça ne te mènera à rien, » murmure Tark, en appuyant à nouveau sur la partie supérieure de mon dos.

Sa voix est dure. Courbée, je tourne la tête et le regarde mais mes cheveux longs me gênent. Son regard sombre est intense. Sa mâchoire carrée est serrée.

« Le processus d'accouplement doit être achevé afin que personne ne puisse te toucher. »

Tark fait courir doucement sa main mon dos, attentive à chaque courbe et repli. « Tu vas être baisée.

À toi de décider si je t'administre d'abord une autre fessée. »

Il passe sa main sur mes fesses endolories et je grimace. Je n'ai plus trop mal mais c'est histoire de me rappeler qu'il fera comme il l'entend.

Mon esprit se focalise sur ce qu'il a dit d'autre. Les autres ? Ils vont me toucher ? Ils vont me posséder eux aussi ? Un connard comme Bron va essayer de me baiser ? Je n'aime pas ça du tout.

Tark place mes mains sur des poignées et attache mes poignets aux autres pieds de la table. Il se relève une fois satisfait de la façon dont je suis attachée. Il voit mon cul rouge et ma chatte, l'air passe sur ma peau nue, l'humidité entre mes jambes me fait frissonner, je ne me suis jamais sentie aussi vulnérable ou excitée.

Je n'ai jamais été attachée pendant l'amour, et certainement pas de la sorte. Les liens qui emprisonnent mes poignets et mes chevilles sont serrées, mais également étrangement libérateurs. Je lutte contre tout ce que Tark me fait subir, je pense à mes sentiments depuis mon arrivée, tour à tour coupable ou honteuse à chaque fois que mon corps en redemande. Mais ces liens me libèrent. Comme tout à l'heure lorsqu'il me bloquait les mains pour *m'examiner* avec ce gode, je ne pouvais que m'abandonner, laisser Tark me dominer. Il fera ce qu'il voudra—il a dit que j'en ai besoin—et je ne peux rien y faire, hormis obéir. Je n'ai pas de décision à prendre, pas de culpabilité à avoir. Personne ne me jugera ou ne me traitera de pute si j'ai envie d'être baisée comme une bête. Courbée et sur le point d'être baisée par le plus grand mec que je n'ai jamais vu, je dois avouer, pour la première fois de ma vie, que j'ai une envie folle d'être baisée de la sorte.

Tark est mon partenaire. Accouplé à moi. Rien qu'à moi. Je n'ai pas choisi, je me sens étrangement libre.

« Tark, je—

–Appelle-moi maître.

–Maître ? » je fronce les sourcils. « T'es sérieux, parce que— »

Une claque sur les fesses me rappelle que j'aurais mieux fait de me taire. Il frappe plus fort que précédemment et je hurle.

« *Gara*, fougueuse *gara*. T'as besoin d'une bonne bourre. – Il se penche et tapote la chaîne fixée à mes mamelons, elle se met en marche. La délicieuse sensation me coupe le souffle. « Tu acceptes que je te possède, *gara* ? Tu acceptes ma protection et mon dévouement ? »

Je baisse la tête. Dieu du ciel. Je suis bel et bien piégée... je tire sur mes liens sans succès. Tark m'excite, m'attache et m'informe clair et net qu'il va me baiser. Ai-je déjà rencontré un homme aussi direct et dominateur ? Et pourquoi mon corps en redemande-t-il autant ? J'ai envie de Tark. Seulement de Tark. Je ne veux personne d'autre dans ce monde de dingues. Son contact, son attention m'ont excitée au plus haut point.

Il fait un bon boulot, il m'excite, il me fait jouir, il me fait perdre la tête, sinon, j'aurais lutté et hurlé pour qu'on me relâche. Je veux sentir sa queue en moi.

Le procès ne se déroulera que dans quelques mois. Ensuite je rentrerai chez moi, pour un retour à la vie normale. Ma vie normale, ennuyeuse et solitaire. Avec des hommes qui ne me conviennent pas, aucun ne correspond en tous points à mon profil psychologique. En ce moment, je suis avec un homme sexy et viril prêt à me baiser, prêt à me donner ce dont j'ai toujours secrètement rêvé.

Je suis allongée, le cul en l'air, ça me brûle, et je dois avouer un fait marquant—le centre de recrutement sur Terre m'a accouplée à cet homme, et tous les débats du monde ne sauraient me convaincre de me refuser ce plaisir. Je n'ai qu'un mot à dire.

« Oui.

—Pour notre compte-rendu officiel, Evelyn Day, es-tu, ou as-tu été mariée, accouplée ou appariée à un autre homme ?

—Non. » Sa question ralentit mes pensées.

« As-tu déjà enfanté ?

—Quoi ? Ils m'ont déjà demandé… »

Un autre coup et j'ai le cul en feu. « Réponds à la question. »

« Ta… maître ! » criais-je en essayant de bouger mes hanches.

« Non. Je n'ai pas d'enfant.

–Bien. Notre couple mis à part, je ne baise pas une femme qui appartient à un autre ni ne l'enlève à ses enfants. » Tark frotte mes fesses avec sa main chaude, ma peau douce doit être rose vif. « Goran, es-tu prêt à être le témoin de l'accouplement ?

–Oui. L'enregistrement officiel est activé. »

Je me raidis sous la main chaude de Tark. Un enregistrement ? Que fait Goran ? Il y a quelqu'un d'autre derrière moi ? L'idée me fait paniquer. Ils voient tout de moi et je ne peux strictement rien faire. Ils ont vu quand il m'a donné la fessée. Je n'ai pas peur de Tark mais je n'ai pas envie d'être partagée, d'être une prisonnière au service de mon partenaire et d'autres hommes.

« Tark, je ne veux personne ici. »

Il me frappe encore, je referme les cuisses. « Appelle-moi maître.

–Maître, je t'en prie, murmurais-je. Punis-moi si tu le souhaites, mais je ... je refuse de faire la pute. Je préfère encore aller en prison sur Terre. »

De là où je suis, je ne vois rien d'autres que les jambes des autres hommes. Tark s'approche de moi, s'agenouille et ôte mes longs cheveux de mon visage. « Je ne connais pas ce mot, "pute", mais je comprends sa signification. Non, *gara*, tu es à moi. Rien qu'à moi. Personne, tu entends, *personne*, ne te baisera ni te touchera, à part moi. »

Il me touche avec une immense douceur. « Mais

Goran—

—Il doit témoigner et nous enregistrer pour le système de surveillance du Programme des Épouses. C'est tout. Les réactions neurologiques enregistrées servent à évaluer d'autres partenaires et épouses en vue d'un placement. C'est un protocole standard. »

Je fronce les sourcils mais il se tait et se relève.

Mon esprit essaie d'assimiler cette nouvelle information, Tark se met derrière moi et s'arrête à l'endroit où je peux voir les jambes des deux hommes. J'entends le bruit d'une ceinture et d'un pantalon qu'on défait, puis il enfonce ses doigts dans mon vagin. La vue des bottes de Goran deux pas en arrière me met hors de moi. Ça ne me serait jamais arrivé sur Terre. Jamais.

« Un protocole standard avec un témoin ? Pliée en deux et baisée en plus ! » hurlais-je.

Je lutte pour défaire mes liens, mais il n'y a pas de jeu. Je vais à nouveau être frappée pour mon éclat, pour mon impertinence, mais je m'en fiche.

« C'est normal d'avoir les mamelons percés sans ma permission ? Et si j'aime pas la chaîne ? Et si j'aime pas les bijoux ? »

Comme je m'y attendais, il me frappe à nouveau. La brûlure—il n'y est pas allé de main morte cette fois-ci—me fait hurler.

Sa voix et ma position me font penser à quelque

chose de lointain. Mais lorsque la vibration de la table se met en marche juste sous mon clitoris, la mémoire me revient. J'ai rêvé qu'on me baisait de cette façon. Pourquoi ? Comment ai-je pu voir ça alors que j'étais sur Terre ? Que m'ont-ils fait au centre de recrutement ? Dans mon rêve, j'aimais deux hommes qui me parlaient, me touchaient, me baisaient. Mais ce n'était qu'un rêve.

Ce n'était pas un rêve. *L'expérience vécue par une autre femme.*

Ce rêve au centre de recrutement n'était pas du tout un rêve ? Je revis les sensations et les réponses du corps d'une femme anonyme sur Terre possédée par son partenaire ?

Un autre guerrier va revivre ça via Tark et décider de choisir ou pas une terrienne ?

Putain de merde.

Le centre de recrutement était une chose. J'étais bien réveillée et ça n'y ressemblait *pas* du tout.

J'oublie tout quand je sens ses doigts glisser à l'intérieur et à l'extérieur de ma chatte. « Tiens, *gara*, ce stimulateur qui appuie contre ton clitoris devrait t'aider à y voir plus clair. Souviens-toi, je ne te donnerai que ce dont tu as besoin.

–Et j'ai besoin de quoi sur cette stupide table ? »

Il rit, tout en me doigtant. « T'as besoin de jouir. Tu dégoulines. »

Je secoue la tête. « J'ai pas envie de faire ça devant

Goran. Vous êtes des pervers, » jurais-je en serrant les dents sous sa main délibérément douce.

Tark rit. « Tu dois être aussi perverse que nous, Evelyn Day, vu qu'on a été accouplés. »

Moi ? Aimer ça ? Vouloir ça ? Il se trompe. « Connard, » murmurais-je.

« Tu lui permets de s'adresser à toi de la sorte ? » demande Goran, très surpris.

En quoi ce serait interdit ?

« Vu la couleur de son joli petit cul, tu peux voir qu'elle a été punie pour son impertinence envers Bron. Elle s'était réveillée sur Trion depuis vingt minutes à peine. J'aime sa fougue et j'aime voir la marque de mes doigts sur ses fesses. Elle répond par crainte de l'inconnu. Elle est excitée mais son esprit refuse de l'admettre. C'est une femme honorable, qui ne baise pas le premier mec venu pour satisfaire ses désirs. C'est la seule et unique raison pour laquelle je le tolère. Je vais me délecter de ses hanches pleines et de sa peau douce. »

Il parcourt mon corps, effleure mes seins et m'attrape par la taille. « Je bande et je vais adorer baiser ma partenaire. Evelyn Day, *gara*, tu *vas* adorer. Baiser n'est jamais une punition, c'est une récompense. Il est de mon devoir de connaître tes besoins. Tu m'appartiens. »

Il passe ses doigts sur mes lèvres et fait le tour de mon clitoris. Il me récompense ?

J'inspire sous le plaisir intense que cette légère caresse me procure. « Mais ... pourquoi m'attacher ? Si tu es si sûr de toi, détache-moi. »

Il me tape encore et encore.

« Tu es impertinente parce que tu *aimes* qu'on te tape en fait. Hmm, ton excitation coule de ta chatte. Je le note.

–Quoi ? » je hurle sans bouger.

Il croit que *j'aime* être punie ? Je me dispute avec lui parce que je veux qu'il continue ?

« Je suis un étranger pour toi mais je suis ton partenaire. C'est difficile. Je comprends. » Sa main caresse ma peau endolorie. C'est bizarre, la différence entre sa violente fessée et sa douce caresse. Ce n'est pas un homme cruel. Je le sais. « Les liens, ta position, sont les symboles de notre mode de vie, tu t'offres à moi. Ce premier accouplement est un rituel qui existe depuis des siècles. Je dois te posséder de cette façon et te marquer avec mon sperme. Ça renforce notre compatibilité ; toutefois, je n'ai pas besoin de te baiser pour savoir que nous sommes faits l'un pour l'autre. Ta chatte le prouve, j'ai tellement envie de toi que c'en est presque douloureux. »

Il se penche sur moi, son membre raide me touche de façon très intime. Il appuie sa poitrine musclée sur mon dos, mon corps est en son pouvoir, sa domination, il murmure à mon oreille. « Tu es liée à moi, ton corps sait que je suis maître de la situation. Abandonne tes peurs, Evelyn Day. Tu n'as aucun pouvoir, tu es à mes ordres. »

Il écarte mes lèvres et doigte ma vulve. Je hurle. C'est plus fort que moi. Je ressens des secousses électriques à chaque fois qu'il me touche. Ma chatte palpite, ma température corporelle augmente, mon sang s'épaissit. Il introduit un doigt. J'imagine ce que je vais ressentir quand sa queue va me pénétrer. J'ai envie de voir ses doigts luisants de mes fluides quand il agrippe mes hanches, voir son corps sur le mien, ses hanches orientées à la perfection pour me baiser.

Et Goran voit tout, il voit la bite de Tark s'enfoncer en moi. Le regard de deux hommes est sur moi. *Là.*

« Résiste si tu veux, mais je te *ferai* jouir. » Tark se relève, nous ne sommes plus en contact, je me mords les lèvres pour lutter contre la déception qui s'empare de moi.

J'ai envie de continuer à lutter, de désapprouver ce qu'il fait, je dois être une vraie traînée pour être si violemment excitée par un étranger. Être observée. Pliée en deux et attachée. Impossible d'expliquer cette douleur dans ma chatte. Le doux ronronnement du vibromasseur sur mon clitoris prouve qu'il veut que je ressente du plaisir. Soit Tark est particulièrement doué, soit, malgré ses dires, ils m'ont administré un excitant pour que je sois plus réceptive à ses avances.

Il glisse un second doigt en moi et je m'en fiche totalement. J'ai du mal à rester immobile. J'ai envie de bouger mes hanches, d'accompagner son geste, d'accueillir son doigt encore plus profondément. Mais je ne peux pas bouger, je ne peux rien faire, excepté prendre ce qu'il voudra bien me donner.

Je ne connais pas cet homme, je suis éveillée depuis peu mais je *veux* un autre orgasme. Avec Tark cette fois-ci, non pas à l'aide d'une étrange sonde extraterrestre.

« On t'a déjà baisée ? »

Son doigt frotte mon point G, je ne peux ni penser, ni répondre. Je ne peux que crier. Il retire son doigt, je me sens vide et sur ma faim, je gémis « *Ne t'arrête pas.* »

« Alors répond à ma question. »

Je m'agite sur mes pieds. « Quelle … quelle question ?

– On t'a déjà baisée ? répète-t-il d'une voix rauque.

– Oui. »

Ses doigts glissent à nouveau en moi. Je gémis.

J'entends le bruissement d'un tissu, il s'approche de moi, retire ses doigts et frotte son gland contre ma vulve. « Je ne suis peut-être pas le premier, Evelyn Day, mais je serai le dernier. »

Sa queue est épaisse et tandis qu'il me pénètre, je sens que je m'élargis et l'enserre. Il ne ralentit pas, ne me donne pas le temps de m'adapter, il me pénètre entièrement.

Je gémis alors que mon corps est envahi. Possédé. Il attrape ma hanche d'une main, mon épaule de l'autre et se met à onduler. Dedans. Dehors. Violemment. Vite. Il s'active, je me mords les lèvres, je prends ce qui est à prendre.

« Tu vas jouir, *gara.* »

Je secoue la tête, mes cheveux me tombent dans les yeux. À chaque poussée, j'imagine ma mère les bras croisés, les sourcils froncés, en train de me juger. Ce n'est *pas normal.* « Je ne… peux pas. »

Il s'allonge sur moi, prend appui sur mon dos et me pénètre d'un violent coup rapide. Son corps appuyé sur mon cul à vif vient s'ajouter aux sentiments qui me parcourent. « C'est un ordre. »

Je n'ai jamais été possédée de la sorte. Mon dernier partenaire était attentif mais pas forcément très impliqué. J'étais frustrée et peu portée sur le sexe. Mais Tark ? Comment fait-il pour que sa bite atteigne des endroits dont j'ignorais l'existence ? Mes doigts glissent sur les poignées. Je serre les dents tandis que la chaîne entre mes seins balance à chaque poussée.

Je secoue la tête, frustrée. Les larmes me montent aux yeux. J'ai tellement envie de jouir. Tark est *trop* bon. Si dur. Si gros. « Je… je ne peux pas. J'arrive jamais à jouir pendant … je ne sais pas pourquoi, » dis-je ne pleurant.

Les larmes coulent sur mes tempes et dans mes cheveux.

Il s'immobilise en moi, penche sa tête et murmure à

mon oreille. « Tu ne jouis jamais avec une bite en toi ? » Son souffle est chaud dans mon cou.

Je secoue la tête. « Je ne peux pas ... encore moins si quelqu'un regarde. »

Je ressens, plus que je ne l'entends, un rugissement provenant de sa poitrine. « C'est mon devoir, *gara*, de te faire jouir. Évidemment que tu peux jouir, et même en beauté, j'ai bien vu avec la sonde.

–Oui, j'arrive à jouir avec mon vibromasseur, mais pas avec un homme, » avouais-je.

Tark est toujours profondément enfoncé en moi, immobile. « Je crois savoir ce qu'est un vibromasseur, ça ressemble à la sonde utilisée pour les examens c'est ça ? Comme le stimulateur contre ton clitoris ? »

Je hoche la tête, mes cheveux bougent d'avant en arrière.

« Alors je vais devoir découvrir comment faire. Ignore Goran. Ne pense qu'à nous deux. Chhhut. Très bien, *gara*, il est temps de découvrir ce que tu aimes. »

La vibration sur mon clitoris accélère. La section de la table directement sous mon clitoris commence sérieusement à me stimuler. Je m'en rappelle, c'est comme dans le rêve. Je prends une profonde inspiration, cette stimulation supplémentaire me procure un plaisir intense, tout comme à Tark.

« Tu préfères cette vitesse de vibration. Ta chatte se contracte sur ma bite, rugit-il. C'est bon signe non ?

–Oui ! » hurlais-je.

Son gros doigt touche nos sexes, Tark se remet à bouger. Le mélange de sa bite qui fait des va et vient et les vibrations sur mon clitoris me fait onduler des hanches. J'ai envie de rester là, empalée sur la très grosse bite de mon nouveau partenaire.

« Et là ? » Tark appuie un doigt contre mon anus et je me raidis, je me contracte en espérant qu'il ôte son doigt. Au même moment, des stimuli de chaleur et de plaisir parcourent mon anus.

« Relaxe-toi, *gara*. Laisse-moi entrer. Tu vas jouir. Je te le promets. »

J'inspire profondément et m'abandonne, je me détends. Je ferme les yeux tandis qu'il fait des cercles avec ses doigt sur mon cul vierge, il commence doucement à l'enfoncer, tout en bougeant ses hanches et en me baisant.

Les vibrations accélèrent, la stimulation de mon clitoris augmente. Je crie lorsque Tark enfonce son doigt plus profondément dans mon cul. Je hurle tandis que tout mon corps se raidit, toutes mes terminaisons nerveuses réagissent et palpitent de plaisir. Curieusement, le mélange érotique du sexe de Tark, la stimulation du clitoris et le bout de son doigt bougeant doucement dans mon cul produit son effet. J'ai l'impression d'être perdue sur les vagues d'un océan, ballottée, je ne maîtrise plus rien. L'intensité du plaisir est bien plus forte que tout ce que j'ai éprouvé jusqu'alors. Sentir ce sexe me remplir s'ajoute au bonheur orgasmique qui court dans mes veines. Je me contracte sur lui—son sexe et son doigt dans mes fesses—comme si je voulais les attirer plus profondément. Tark agrippe ma hanche et accélère le rythme jusqu'à ce qu'il me pénètre violemment une dernière fois et très profondément. Sa verge s'élargit, elle m'écartèle, il gémit et m'inonde de sperme chaud par saccades.

Nos souffles courts emplissent la pièce et il reste en moi pendant que je récupère. Le début est semblable à mon rêve mais se termine différemment. Ce *n'est pas* pareil. Mon ancienne vie est derrière moi, une nouvelle vie s'offre à moi, sur ma nouvelle planète avec mon partenaire.

« Nous sommes compatibles, » dit Tark en se retirant doucement et en reboutonnant son pantalon.

Je respire bruyamment, son sperme chaud dégouline. Il défait mes liens, prend ma main et m'aide à me relever. Je m'appuie contre la table pour retrouver mon équilibre. Ma peau est rouge et mon cœur bat vite. Je suis trop épuisée, non pas par un mais par deux orgasmes, en l'espace du peu de temps que je suis sur Trion, pour me couvrir.

Je jette un coup d'œil sur Tark. Sa peau est rouge et son regard est plus doux, moins intense. Il contemple mon corps nu, ses yeux se plissent et sa mâchoire se contracte en voyant son sperme couler sur mes cuisses.

« Annonce la bonne nouvelle au Conseil, » ordonne Tark à Goran.

Il se baisse, saisit la chaîne qui pend entre mes seins et la tire doucement. Je m'approche de lui et ressens de la chaleur entre mes cuisses.

Il regarde mes mamelons dressés et dit à Goran. « Couvre-la et amène-la au harem.

–Quoi ? Je crie. Tu vas me laisser seule toute nue avec… *lui* ? Goran me fait peur.

–Il te protègera. Je dois assister à une réunion du Conseil, tu vas au harem. »

J'écarquille les yeux devant tant de cruauté. Un harem ? Combien de partenaires a ce bâtard ? Je suis la numéro combien ? Deux ? Quatre ? Vingt ? « Tu m'as baisée et tu as profité de moi. Je ne suis pas une épouse, je ne suis qu'un jouet sexuel. »

Je regarde l'autre homme. « Je suis surprise que tu n'aies pas laissé Goran profiter de moi. »

Il tient toujours la chaîne attachée à mes mamelons, il l'enroule autour de son doigt, je suis obligée de m'approcher si je ne veux pas que ça tire trop sur mes mamelons. Je rejette la tête en arrière pour le regarder. Je suis allée trop loin, j'ai peur. S'il est mon partenaire, n'est-il pas sensé me protéger et prendre soin de moi ? Comment va-t-il faire s'il a plus de dix femmes dans sa vie ?

Je suis arrivée sur sa planète il y a moins d'une heure et il me néglige déjà. J'aimerais contacter le Programme des Épouses et le refuser, mais je dois attendre la période de trente jours, ou mon retour pour témoigner. Et après ? Je leur ferai savoir que je n'étais pas heureuse au harem.

Il fronce les sourcils. « Je ne connais pas le terme *jouet sexuel*, mais il me déplaît. Je n'apprécie pas non plus que tu mettes mon honneur en doute. »

Sa voix rauque teintée de colère me fait avaler de travers. Je préfère de loin son visage satisfait. J'aimerais revenir en arrière, lorsque j'étais comblée, et envisager un avenir en tant que partenaire bien aimée et bien baisée de Tark.

« Je ne mens pas. Je t'ai dit que je ne partage pas ma partenaire. Mon sperme coule entre tes cuisses. Ma chaîne est bien en vue. »

Sa chaîne ? Cette chaîne fait office d'alliance ? Cette chaîne proclame au monde que j'ai été possédée ? Elle fait office de protection ? Que suis-je sensée faire ? Me balader seins nus ?

« Les stim-sphères, Goran. » Il tend sa main, Goran se déplace.

Il montre mon corps. « Grâce à mon sperme et ma chaîne, tout le monde sait que tu m'appartiens, où que tu sois dans la cité des tentes. Je suis sûr que ton cul te fait mal puisque je t'ai doigté pour la première fois. Ton clitoris— il se baisse et glisse un doigt entre mes jambes, —est gonflé et prêt pour le prochain orgasme. Un orgasme que je suis le seul à pouvoir te donner, sans sondes médicales ni, comme tu les appelles, vibromasseurs. Tes fesses sont rouge vif à cause de ma punition. Malgré tout ça, tu doutes encore du fait de m'appartenir. »

J'ai envie de me soustraire à son contact surprenant, mais j'endommagerais mes mamelons.

Tark enroule un peu plus autour de son doigt la chaîne en or attachée à mes seins. Il ôte sa main de mon clitoris pour prendre quelque chose dans la main tendue de Goran. « Laisse-nous un moment. »

L'ordre qu'il donne à Goran me coupe le souffle. Que va-t-il me faire ?

Tark tient deux balles en or, deux sphères parfaitement rondes attachées entre elles par une petite chaîne et une autre plus longue comportant un disque en or gravé à son extrémité. « Apparemment, la fessée n'a pas suffi à t'apprendre le respect et tenir ta langue. Tu vas porter ces stim-sphères jusqu'à mon retour. Ta chaîne doit être clairement visible à tout moment, *gara*, afin que tout le monde sache que je suis mécontent. »

Mon cœur bat plus vite que les ailes d'un colibri, je ne peux m'empêcher de le regarder fixement. Porter des balles en or ? *Ça* une punition ?

Il ne me quitte pas du regard, il me maintient en place grâce à la pression qu'il exerce sur la chaîne, il baisse sa main vers ma chatte humide et y insère profondément, l'une après l'autre, les deux sphères en or. Il retire sa main, les sphères glissent entre mes muscles et vers sa paume de sa main. Il laisse sa main sans bouger et regarde mon visage stupéfait.

« Tu vas les garder dans ta chatte, *gara*, jusqu'à mon retour. Sinon, je te frapperais à nouveau. Et cette fois-ci je ne me retiendrai pas, tu ne pourras pas t'assoir de toute la semaine. »

Putain de merde il est sérieux. Ma chatte se contracte. Son sperme s'écoule, mais pas les balles. J'ai encore envie de lui.

Tark sourit devant ma moiteur et son sperme qui enduit sa main, il m'embrasse dans le cou et glisse à nouveau les sphères à l'intérieur de ma chatte, sa langue glisse sur mon épaule. Il penche la tête et ôte ses mains de mon corps.

La chaîne la plus longue tombe et m'arrive au niveau des cuisses. Son poids la rend plus lourde, chaque balancement envoie une petite décharge électrique dans mon clitoris.

J'ai le souffle coupé tandis que je me contracte sur les lourds objets métalliques.

« Les sphères maintiendront ton niveau d'excitation, *gara*, mais le neuro-programme t'empêchera de jouir. Te faire jouir est mon boulot, à moi seul. »

Il caresse ma joue et me regarde dans les yeux. « Si tu les enlèves je le saurais. Les stim-sphères sont reliées à mon système informatique. » Il me montre un appareil fixé sur son avant-bras.

« Lorsque Goran aura mis à jour les données de notre accouplement, tout le monde saura dans la coalition interstellaire que tu as accepté l'accouplement du haut conseiller, que tu m'appartiens. Grâce à ça, il indique le disque en or suspendu entre mes cuisses, *tu* apprendras peut-être à modérer tes propos. »

Il me soulève pour s'assurer que le disque pend bien. Je laisse échapper une grande respiration en sentant la secousse provoquée par stimulation dans ma chatte, qui se contracte violemment. Tandis que je le regarde sortir de la tente, un mélange d'inconfort et de désir me fait frissonner à chaque balancement de la chaîne en or. Je suis punie, nue, baisée et à nouveau complètement excitée.

4

L'affreuse photo figurant sur la fiche d'Evelyn Day n'est qu'une pâle copie de la beauté fatale que je viens de baiser. Une lumière crue donne à sa peau un reflet violacé, ses cheveux—d'un roux flamboyant—sont mats et foncés. Mais ondulés. Ils sont bouclés et rebelles, brillants et couleur lune de sang. Elle a les yeux écarquillés par la peur, sa bouche est une ligne fine. La femme dynamique qui est arrivée à la gare n'a rien à voir avec sa photo officielle, elle me plaît au plus haut point.

Elle s'est réveillée et m'a regardé. *Moi*. Bron est un *connard*, il a voulu la toucher sous prétexte qu'il est médecin. Il a même eu une érection. J'en ai fini avec lui, il n'a pas le droit d'approcher d'Evelyn Day. Ce *connard* avec si peu d'éthique mériterait que je l'envoie sur une navette au fin fond de l'espace.

Je n'arrive pas à croire qu'Evelyn Day ait été choisie spécialement pour moi parmi des milliards de partenaires potentielles. J'ai eu du mal à attendre la fin de l'examen— *putain*, ça n'a fait qu'empirer les choses— pour voir enfin mon sperme maculer ses cuisses d'un blanc laiteux. Mon empressement est certainement lié à l'excitation de ma jeunesse, je l'attendais depuis si longtemps

Je crains que cette longue attente ne m'ait trop excité, mais également rendu trop gentil. Ma partenaire est une criminelle inculpée de meurtre. Même Goran a été surpris par mon attitude envers elle. Ma partenaire est une meurtrière. Quand je la regarde droit dans les yeux, que je sens les battements de son cœur, sa respiration et son corps réagir, je refuse d'y penser.

Evelyn Day. Vingt-huit ans. Inculpée de meurtre.

Le Programme des Épouses Interstellaires mentionne son nom, son âge, ces trois mots et une photo. Rien d'autre.

Qui a-t-elle tué et pourquoi ? Je suis un guerrier, je sais ce qu'ôter la vie veut dire. Je l'ai fait plusieurs fois. Certains méritent de mourir, d'autres ne font qu'exécuter des ordres ou combattre du mauvais côté. Certains se battent pour défendre leurs biens ou leurs partenaires. D'autres se délectent du goût de la vie et de la mort.

Evelyn Day n'est pas une femme qui aime tuer. Elle

est douce et chaleureuse. Se donner à moi a rendu sa chatte tellement chaude qu'elle m'a presque brûlé la bite. Quelle agréable douleur.

Meurtrière ou pas, elle n'a aucune chance de me faire du mal. J'en rirais presque. Je ne sais pas à quoi ressemblent les hommes sur Terre mais elle est trop petite pour représenter un danger ; elle m'arrive à peine aux épaules. Elle a du tempérament et m'a manqué de respect mais je ne peux pas la blâmer. Elle a été bannie de sa planète et est devenue la partenaire d'un inconnu. Non pas que je cautionne un tel comportement. La fessée lui aura appris que son attitude insolente n'est pas tolérable. Une fois installée sur mes cuisses et que je l'ai frappée—moins fort que ce qu'elle méritait toutefois—elle a compris qui commande et à qui elle doit obéir.

Voir ses fesses blanches devenir rouge vif m'a fait bander. Sa peau douce bougeait à chaque coup, gardant l'empreinte de ma main... *putain.* Je ne suis pas le seul à aimer ça. Elle le niera sûrement, mais ça l'excite. Le test indique qu'elle se soumet à ma domination. Sous peu, elle s'en rendra compte et s'adoucira.

Pour le moment... j'aime la voir lutter, et se donner enfin à moi. Avec un sourire satisfait, je vérifie sur mon écran, les stim-sphères que j'ai enfoncées dans sa chatte sont réglées au plus bas niveau pour deux heures encore. Ma réunion se termine dans une heure, j'ai envie que sa chatte soit béante de désir. J'ai hâte de rentrer enfin chez moi, de l'allonger et de la goûter, de prendre mon temps et de découvrir chaque parcelle de sa peau laiteuse. Je ne suis pas allé à l'Avant-poste Neuf de toute la semaine mais je suis prêt à rentrer au palais. Plus que jamais.

Je ne donne pas à Evelyn Day le temps de s'adapter, aucune chance de s'habituer à moi ou à l'Avant-poste Neuf, tout simplement parce que n'avons pas le temps. Ma bite ne dicte pas mon comportement, les règles en vigueur sur Trion s'appliquent. Il fallait que je la baise immédiatement. Si je ne l'avais pas fait, d'autres l'auraient fait à ma place. Sa beauté ne passe pas inaperçue ici. Les femmes sont précieuses et rares, elles ont une grande valeur. Beaucoup se battraient pour elle, elle pourrait être blessée ou possédée par un mâle tout à fait indigne d'elle. Pour Evelyn Day, *je* suis le seul homme digne de tout l'univers. Je rugis à l'idée de la posséder.

Elle porte mes bijoux, la chaîne magnifie la beauté de ses seins ronds et prouve qu'elle m'appartient. Mon sperme marque sa chatte et ses cuisses, aucun doute là-dessus. Sa sécurité est ma priorité. Son arrivée a été un choc, le timing erroné, mais je ne m'en plains pas. L'accouplement se déroulera pendant la réunion du haut conseiller à l'Avant-poste Neuf, et non pas au palais, c'est dommage mais je m'adapterai. Il sera difficile d'assurer sa sécurité mais on s'en sortira.

Je regrette que la première fois que j'ai baisée

Evelyn Day se soit déroulée sous une vulgaire tente et non pas dans l'une des chambres du palais, elle aurait pu rester dans mon lit. Au lieu de lui apprendre des pratiques exquises et la former à mes propres règles, j'ai dû l'envoyer au harem pour m'assurer de sa sécurité. Cette précaution est plus que nécessaire.

Lorsque les autres hommes la verront, ils la voudront pour eux. Ses cheveux roux ont une couleur inhabituelle, rarement vue sur Trion. Son corps plantureux est tout en courbes. Autant de fougue dans un corps si petit, si doux, tout en rondeurs. J'appuie sur le bouton de la salle de bain plus fort que nécessaire en pensant à ses seins balancer au rythme de son corps.

La porte de l'unité s'ouvre, j'entre, l'eau m'asperge et m'enveloppe. Les yeux fermés, je repense à son ventre rond, ce corps harmonieux qui portera bientôt mon enfant. Des hanches larges et généreuses pour mieux la baiser.

L'eau s'arrête, le cycle de séchage s'enclenche.

Je suis content qu'elle ait déjà été déflorée, je n'ai pas à me soucier de lui faire mal. Mais je suis enchanté —et surpris— d'apprendre que sa chatte ne s'est jamais contractée sur la bite épaisse d'un autre homme, qu'aucun n'ait su la faire jouir. Les mecs qu'elle a fréquenté sur Terre ne sont pas de vrais hommes s'ils ne sont pas fichus de faire jouir avec leur propre bite une beauté telle qu'Evelyn Day. Mon but ultime est de la faire jouir le plus fréquemment possible.

Je ne sais pas si je dois remercier les dieux ou la science de ce choix parfait. Quoiqu'il en soit, ça ne fait aucun doute, Evelyn Day est faite pour moi. Toutefois, elle a le temps de se décider. Je dois tout faire pour lui donner envie de rester et dompter son attitude parfois imprévisible et dangereuse. L'idée qu'elle choisisse un autre partenaire, qu'il la touche, la baise, la protège et l'aime me donne mal au ventre.

Je m'habille à la hâte et me dirige vers la tente où se déroule la réunion. J'oublie ma colère et ma frustration concernant les éventuelles implications politiques de ma nouvelle partenaire et savoure le sentiment d'apaisement qui me parcourt. De nombreux membres du Conseil aimeraient ouvertement endosser mon rôle et me destituer. Que certains puissent utiliser Evelyn Day comme un pion me fait serrer les poings.

Il vaut mieux que je sois d'humeur furieuse et bourrue, plutôt que passer pour un amant repu auprès de cette réunion du Conseil. Je sais que ma partenaire est au harem, en sécurité avec les autres femmes. Je serai rassuré lorsqu'elle se retrouvera protégée entre les murs épais du palais et mes fidèles gardes. Je ne peux même pas lui permettre de dormir avec moi, par crainte d'être attaqué dans mon sommeil par ceux qui veulent m'évincer.

« Elle est en sécurité, » dit Goran en approchant dans le sable sans bruit. Je me tourne vers mon second et hoche la tête.

Evelyn Day est surveillée par des gardes chevronnés, je peux me concentrer sur le travail en cours. J'ouvre le rabat de la tente, passe la tête et entre. Le Général du Conseil se lève pour témoigner de son respect envers mon grade de Haut Conseiller.

« Asseyez-vous, » dis-je en prenant place sur un coussin sous un dais, les autres font de même.

« Nous avons appris que votre partenaire était arrivée. »

Le Conseiller Roark me sourit et je hoche la tête. Il est jeune et n'a pas encore de partenaire. En tant que conseiller du continent sud, c'est mon allié le plus sûr mais également le plus viril du groupe. Evelyn Day lui plairait énormément.

« Oui, et je l'ai baisée. » Je lève le menton vers Goran, il avance et se place à l'écart du cercle de la réunion.

« La partenaire du Haut Conseiller Tark est arrivée. Elle a subi des examens médicaux et a été accouplée selon nos rites. Toutes les données ont été transmises au Programme des Épouses Interstellaires aux fins d'enregistrement. » Il énonce les faits d'une voix n'admettant aucune réplique ou question, je lui en suis reconnaissant. Goran est loyal. Un homme bon, qui attend l'arrivée de sa propre partenaire. Il luttera à mes côtés, mourra même, pour protéger Evelyn Day.

« Parfait. Merci Général Goran. » Le Conseiller Roark acquiesce gravement, il agit au mieux de mes intérêts, en s'assurant que le rang de ma partenaire soit reconnu de tous. J'incline la tête à son attention en guise de reconnaissance et de remerciement.

« Une criminelle. Une meurtrière ? Et nous devons obéir à ce genre de femelle ? La respecter plus que tout ? » Le conseiller Bertok est un vieil homme aigri qui a déjà perdu deux partenaires. Il doit avoir quatre-vingt-dix ans, son regard bleu clair est froid et inamical.

« Nous pourrions tous être décimés durant notre sommeil. Une femme rude des contrées sauvages serait plus adaptée qu'une meurtrière d'une autre planète.

–J'ai accepté ma partenaire. Je l'ai possédée. L'affaire est close. »

J'aimerais réduire ce vieil homme en bouillie à mains nues, sentir son sang chaud sur ma peau.

« Quiconque protègera ma partenaire aura la vie sauve. » Je fixe chaque homme assis en cercle afin que tous comprennent la portée de mes paroles.

« C'est compréhensible, Haut Conseiller. Pourquoi pas une fessée en public ? Vous devez montrer votre force, votre partenaire doit savoir qui commande. »

J'ignore le conseiller à ma droite et sa suggestion enflammée. Personne n'a le droit de voir la douleur d'Evelyn, moi excepté, même si c'est pour son plaisir.

J'observe cet homme attentivement. Il n'a pas manqué de respect et ne menace pas Evelyn Day directement ; à certains endroits de la planète, une fessée en public permet à un homme d'asseoir sa domination sur sa femme. Cette idée est barbare, j'essaie de la rendre hors la loi.

« Quand aura lieu l'accouplement public ? » lance une autre voix, à l'opposé du cercle.

Les commentaires et avis se poursuivent… c'est l'escalade. Ça atteint un volume et une intensité insupportables. Je lève une main et le silence retombe. En tant que dirigeant, il est important d'écouter les opinions et les avis des conseillers. Mes administrés ne se sont jamais sentis en position d'infériorité. Jusqu'à aujourd'hui, leur voix compte d'un point de vue professionnel pour la planète. Je suis le Haut Conseiller, ma vie personnelle et ma partenaire n'ont pas leur place dans cette discussion.

« Comme le veut la règle, et comme l'a annoncé mon second, elle a été baisée. » Je penche la tête vers Goran qui se lève et confirme une fois encore.

« L'acte s'est effectué en présence de témoin, a été enregistré, un rapport a été effectué. »

Je serre le poing, j'aimerais avoir un couteau. Aucun de ces hommes ne verra le plaisir de ma partenaire. Je ne la partagerai pas. Jamais.

« Nous aurions dû être présents. » Le conseiller Bertok parle à nouveau.

Il est originaire des régions reculées, des contrées sauvages dont il a parlé, les coutumes concernant leurs partenaires sont plus brutales que persuasives. Je sais pertinemment que la première baise doit s'effectuer en présence de témoins, je n'apprécie pas le fait d'offrir à des *connards* prétentieux de son acabit un divertissement sensuel aux frais de ma partenaire. En tant que dirigeant, ma vie est connue de tous, mais cet aspect doit rester privé. Une fois au palais, mes actes avec ma partenaire ne concernent que nous deux. Pas même Goran. Mes attentes personnelles ne sont pas celles du Conseil.

Je ne réponds pas, « Je l'ai possédée. Elle est marquée par mon sperme et porte ma chaîne. La discussion est close. » Je fais craquer mes phalanges et fais signe à Goran de me rejoindre.

« Regardez l'ordre de jour, nous aborderons la question des bénéfices économiques à la section quatre. »

Je focalise mon attention sur le pourquoi de cette réunion. Continuer à parler de ma partenaire ne fera que retarder nos retrouvailles. Sa vie sur Terre—ou quoiqu'elle ait fait pour en être bannie—ne me concerne pas. Elle est désormais ici avec *moi* et je ne la laisserai pas partir.

« Regarde la chaîne qui pend entre ses jambes. Elle ne lui a pas plu. » La voix perçante de la femme me vrille les tympans, la chaîne me fouette les cuisses.

J'expire et ramasse la chaîne afin qu'elle cesse de me

stimuler. Ça ne marche pas. Je ne porte les sphères que depuis quelques minutes à peine, je supplierais presque Tark pour le soulagement procuré par ce plaisir continuel. C'est un ronronnement infime, assez fort toutefois pour me rappeler de me maîtriser—ainsi que mes orgasmes—mais pas assez pour m'apporter le soulagement attendu.

Elles vibrent et se contractent comme la sonde médicale, plus subtilement toutefois. Je dois les maintenir à l'intérieur et contracter les muscles de mon vagin, ce qui intensifie cette délicieuse torture.

Plusieurs femmes me font face. Elles portent toutes des nuisettes. Je vois leurs anneaux de tétons à travers le tissu fin, aucune ne porte de chaîne, comme moi.

La femme qui a parlé est magnifique, hormis son sourire méprisant. Ses cheveux bruns tombent en cascade dans son dos. Elle est grande et svelte, elle a une petite poitrine et la taille fine. Je suis tout le contraire.

J'ai les fesses rouges, je me demande si les marques que Tark m'a faites se voient à travers le vêtement fin que Goran m'a demandé d'enfiler. Ma peau est si pâle que je ne peux cacher un simple rougissement. Mes fesses rouges doivent se voir de façon flagrante. Elles m'examinent intensément, elles me scrutent comme si je venais d'une autre planète—ce qui est le cas.

« Je m'appelle Kiri, » dit l'une des femmes en avançant.

Elle est plus petite que l'autre femme désagréable, elle me regarde avec curiosité, sans malice. D'un signe de tête, elle ajoute, « Et voici Lin, Vana, Ria, et Mara. »

J'ignore qui est qui, je les salue.

« Nous faisions de l'art artisanal quand tu es arrivée. Viens. »

La pièce est semblable à celle de Tark, des tapis recouvrent le sol. Des lampes similaires éclairent la pièce d'une lueur jaune. L'air chaud sent l'amande. Je reconnais le parfum de mon rêve au centre de recrutement.

Elle se tournent toutes et s'installent à une table, elles sculptent de petites figurines en bois. Des fauteuils confortables, une petite table basse—mon Dieu, ils ont du café ? —et une autre table plus haute contre le mur jonchée de différents plats et carafes contenant des liquides colorés. Pour moi, un harem est une prison, j'ai vu des gardes à l'extérieur après tout, l'intérieur ressemble à celui de la tente de Tark.

Les femmes sont toutes occupées à leurs travaux, hormis la belle femme mince. Elle me regarde comme si ma place était dans une poubelle.

« Il te répudiera, » aboie-t-elle.

« Mara, laisse-la tranquille, » répond Kiri.

Mara lève les yeux au ciel en l'entendant, je ne lis que du dégoût et de l'envie sur son visage. « J'ai entendu dire que la Terre n'envoie que des coupables. Quel est ton crime ? »

Mara n'est pas mon amie, c'est évident. Je vais essayer de lui faire peur, je lui dis la vérité. « Meurtre. »

Les autres femmes arrêtent leur travail, l'une d'entre elle pousse un cri de douleur. « Aïe, je me suis coupé le doigt. »

Elle tient sa main blessée, les autres femmes l'encerclent.

« Je peux t'aider. » J'essaie de m'approcher de Mara, le médecin que je suis a parlé avant même de réfléchir.

Mara me tape sur l'épaule. « L'aider ? Pour la tuer peut-être ? »

Je m'arrête et la regarde passer un petit appareil autour de la blessure. Une lueur bleutée s'en dégage, la blessure s'arrête de saigner et cicatrise sous mes yeux.

Je suis docteur sur Terre, les avancées médicales de la planète Trion sont bien supérieures aux nôtres. Mon esprit scientifique trouve ça fascinant. « C'est fantastique. Tu es complètement guérie ? »

La femme nettoie le sang sur ses mains grâce à un linge humide offert par l'une d'elles, et tend son doigt guéri. Elle sourit et acquiesce. J'ai tant à apprendre, j'ai hâte d'examiner cet instrument guérisseur.

Mara me prend par le bras et m'attire à l'écart—pas très gentiment—dans la tente afin que les autres ne puissent entendre ses paroles abjectes. « Il nous a toutes baisées tu sais. »

Je fronce les sourcils, elle sourit et continue.

« Tu l'ignorais ? Humm. Tark baise toutes les

femmes. Tu ne comptes pas pour lui. Il peut appeler celle qu'il veut, quand il veut. C'est lui qui décide. »

Elle me regarde, s'attarde sur mon corps plantureux avec dédain.

« Alors pourquoi ai-je été envoyée ici et accouplée à lui ? » demandais-je en levant le menton. Je ne vais pas lui montrer qu'elle m'a vexée. L'idée que Tark soit avec Mara, ou n'importe quelle autre femme—non, *toutes les autres femmes*—me tord le ventre.

« Parce qu'il a besoin d'un héritier. Regarde-toi. Trop nourrie, des hanches larges, des seins flasques. Tu es faite pour enfanter. Je— elle repousse ses cheveux en arrière, —suis faite pour l'amour. »

Le rabat de la tente s'ouvre et l'un des gardes passe la tête à l'intérieur. « Mara, viens tout de suite. Il te réclame. »

Je reste bouche bée, ses yeux brillent en guise de victoire. Elle rejette ses épaules en arrière et pince ses mamelons à travers la nuisette jusqu'à ce que ses tétons soient bien dressés, les anneaux bien visibles. « Tu vois ? » dit-elle en me jetant un regard, elle sort, le rabat de la tente se referme en claquant derrière elle. Je la regarde, je me sens vide avec mes deux sphères dans la chatte, je tiens la chaîne dans ma main tel un chien en laisse. Leurs vibrations ne me font plus grand chose.

Je ne suis sur cette planète que depuis une heure ou deux mais j'ai déjà été baisée et je désire mon partenaire. Mara a affirmé que Tark ne voyait en moi qu'une mère porteuse—pourquoi vouloir une femme toute en courbes telle que moi ? —il l'a appelée pour satisfaire ses besoins insatiables quelques minutes seulement après avoir vu son propre sperme couler le long de mes cuisses. Je ne suis qu'une femme parmi d'autres dans le harem. Je ne suis pas désirable, je suis juste une fille enrobée capable d'enfanter.

Je ne suis rien d'autre qu'une machine à enfanter, traitée comme une criminelle ? Une meurtrière ? Je n'étais déjà pas grand-chose sur Terre, mais je vaux plus que ça tout de même. Un docteur innocent sans aucune vie amoureuse ? Oui. Mais je soigne les gens, je ne les tue pas.

Sur cette planète recouverte de sable, je ne suis qu'une usine à bébés. Une machine biologique. Mais moi, en tant que femme ? Épouse ? Médecin ? *Je* n'ai *aucune* valeur.

« Où vais-je dormir ? » demandais-je à Kiri.

Je sens la tristesse dans ma voix. Elle lève la tête et m'adresse un sourire compatissant.

« Par ici. » Elle me montre une ouverture dans la tente que je n'avais pas remarquée.

C'est une pièce annexe, les deux communiquent.

Je vois des piles de couvertures douces et des fourrures sur des banquettes. Une autre table comporte un panier de fruits et une carafe remplie d'un liquide transparent qui j'imagine est de l'eau. La vue de la nourriture me donne la nausée.

Je trouve un petit espace entre les couvertures pliées qui n'appartient apparemment à personne. Je grimpe, me blottit sous les couvertures chaudes, touche ma nouvelle laisse pour que la stimulation de ma chatte se calme, et me couche sur le côté, face au mur.

Je me tourne doucement, par crainte de tirer sur la chaîne de mes mamelons, mais une fois installée, je me concentre sur d'autres parties de mon corps. L'intérieur de mes cuisses est humide, le sperme de Tark dégouline. J'ai mal, je n'ai pas vu sa queue mais elle doit être énorme. Trop énorme pour mon corps qui n'y est pas habitué, remplie de balles en métal qu'il appelle des stim-sphères. Et mon cul. Il me fait mal, non pas à cause de ce qu'il a inséré à l'intérieur ou à cause de son doigt. J'ai mal à cause de sa punition, une chaleur cuisante qui se dissipera bientôt. Mon corps est encore sous l'emprise de l'orgasme que Tark m'a procuré. Le fait de lui avoir répondu avec autant de vigueur aggrave ma détresse.

Comment un homme peut-il me procurer un plaisir aussi hallucinant et un tel chagrin ? Il a demandé à voir Mara après m'avoir envoyée au harem. Un harem ! Mon dieu, je ne suis qu'une femme parmi d'autres. Il a dit que j'étais sa partenaire, que je lui appartiens, mais il ne m'appartient pas. Quelle est la coutume ici ? Comment un profil psychologique ou une simple évaluation permettrait de m'identifier comme le type de femme susceptible d'être heureuse dans le lit d'un homme ? Il doit s'agir d'une erreur.

Peu importe. Je dois garder mon sang-froid. Je vais devoir supporter pas mal de choses durant les prochaines semaines, mais je dois aussi me rappeler que lorsque le procès commencera, on me transportera à nouveau pour témoigner, et je poursuivrai ma vie sur Terre. Tark sera à l'autre bout de la galaxie. Mara, cette salope, sera à l'autre bout de la galaxie. Entre temps, je dois tout simplement survivre. Le procureur a dit que le procès aurait lieu dans trois mois, mais la date n'est jamais certaine.

Pourvu que je ne tombe pas enceinte avant que le système de justice criminel de la Terre ne vienne me chercher. Merci mon Dieu. Et si je tombais enceinte avant de rentrer ? Que deviendrai-je sur Terre enceinte de Tark ? Heureusement, dans le cadre du programme de protection du témoin, j'ai un implant empêchant la grossesse. Un jour, je l'enlèverai. Mais pas ici. Pas maintenant. Je ne suis pas une usine à bébé.

Je frissonne sous les couvertures. Je vais être retenue ici pendant des semaines. Trois mois au moins. Que va t'il m'arriver pendant ce temps ? Je suis épuisée et les sphères continuent de palpiter. Je frotte mon clitoris. Il m'a dit que ça m'exciterait, mais pas assez pour jouir. Rendue furieuse par la situation, j'ai envie de le prendre au mot, de tester la véracité de ses dires. J'ai envie de soulager cette douleur entre mes jambes, de plonger dans l'indicible plaisir d'un orgasme infini. Je décris des cercles autour de mon clitoris du bout des doigts. Je suis toute glissante et mouillée. Le sperme de Tark a rempli son office.

J'enfonce mes talons dans le lit et ondule des hanches. Je sais comment me faire jouir, je l'ai fait bien souvent. Cette fois-ci, je pense à Tark, je le vois, je fais comme si les sphères qui vibrent tout au fond de ma chatte étaient sa bite. Ça suffit pour me faire haleter de plaisir, mon utérus se contracte et les enserre. Je masturbe mon clitoris pendant de longues minutes avant de reprendre mon souffle et de m'écrouler, les sphères continuent de ronronner. Mais comme l'a promis Tark, il les a programmées pour empêcher tout orgasme. Je suis toute collante, excitée et totalement insatisfaite.

Malheureusement, le stress provoqué par mon manque ne m'aide pas à combattre ma lassitude. La douleur que je ressens dans la poitrine est causée par le transfert, et non par la trahison. Je me fiche de l'homme qui m'a possédée. Qui m'a baisée. Qui m'a utilisée et abandonnée aux mains de ces femmes moqueuses. La seule punition provoquée par ces sphères dorées est l'humiliation de Mara, et maintenant, cette douleur sourde qui perdure dans mon vagin. Une douleur qui me rappelle que je ne suis qu'une usine à héritier pour Tark. Et Mara ? Cette femme ignoble est certainement en train de jouir sur le sexe de Tark, bras et jambes écartés et liés à cette petite table, elle l'appelle maître pendant qu'il la pénètre par derrière.

L'image me fait mal, ça ne devrait pas. Tark ne représente rien pour moi. Je ne le connais que depuis quelques heures. Je dois être raisonnable. Logique. J'essaie de me distraire en me concentrant sur mon chez moi. Les promenades dans le parc. Du café et du chocolat. Mon lit bien chaud dans mon appartement si confortable.

Je serai bientôt rentrée. Je dois survivre jusque-là, et me rappeler que Tark ne m'appartient pas. Pas vraiment. Pas éternellement.

Evidemment, Mara est une vraie salope. Tark est décevant. Je ne sais plus que penser, je m'en fiche. Je veux m'échapper : seule solution possible, dormir.

5

« Elle refuse, » dit Goran, en se redressant en entrant dans ma tente.

J'écarquille les yeux. J'ai bien entendu ? « Elle refuse ? »

Il est nerveux et acquiesce, personne ne m'a jamais désobéi. Jusqu'à aujourd'hui.

« Elle a donné une raison ? » je sens la colère dans ma voix, mais je reste calme. C'est leur façon de faire sur Terre ou c'est spécifique à Evelyn Day ? Elle essaie de me rejeter ? Trop tard. Elle m'appartient. Si elle a changé d'idée depuis sa super partie de jambes en l'air, ç'aurait été à moi de l'envoyer paître. Ma punition était peut-être trop sévère pour son cerveau humain ? Est-ce à cause de sa petite taille ? Je dois découvrir ce qui rend Evelyn Day heureuse, si elle a besoin d'une punition ou d'éprouver du plaisir pour être heureuse.

« Non.

– Elle est toujours au harem ? »

Il hoche la tête.

Goran m'ouvre la tente, je sors dans l'air chaud. Je salue les passants, mais mon air résolu les dissuade de me parler. Les gardes à l'entrée du harem se lèvent à mon arrivée. Je pénètre dans la tente des femmes. Elles se lèvent et me souhaitent la bienvenue.

« Où est ma partenaire ? » Deux femmes sursautent en entendant ma voix, je ne leur prête pas attention. Les autres partenaires ne m'intéressent pas. Seule la mienne m'intéresse.

Une femme sort de la chambre d'ami.

Evelyn Day se brosse les cheveux, assise sur un lit. Elle a l'air calme et tranquille, pas du tout surprise de me voir.

« Tu viendras quand je te ferai appeler, » dis-je

Elle me regarde d'un air courroucé. Elle hausse les épaules, pose la brosse et se fait une longue tresse. Elle parle une fois sa tresse terminée. « Je suis surprise que tu y accordes autant d'importance, l'une ou l'autre, peu importe non ? »

Elle se lève, elle est encore plus belle que dans mes souvenirs. Elle porte une nuisette comme les autres, le tissu fin épouse ses courbes sans les cacher. Ses tétons dressés arborent mes bijoux, la chaîne forme une courbe douce sous le tissu. Le tissu est tendu sur son ventre et arrive à mi-cuisses. La chaîne qui pend entre ses cuisses incarne mon pouvoir. J'ai désactivé les stim-sphères depuis des heures. Elle a peut-être besoin que je lui rappelle qui est le chef, à moins que ces sphères ne l'aient rendue méfiante. Elle est encore plus attirante que toute nue.

Son corps me déconcentre, je dois me remémorer sa question. Je fronce les sourcils. « L'une ou l'autre ?

– Les femmes du harem.

– Je ne vois pas de quoi tu parles. Sur Terre, les hommes partagent leurs partenaires ?

– C'est bien un harem ?

– Oui. »

Elle ouvre la bouche mais plisse les yeux. « Il n'y a plus de harems sur Terre. Ils ont existé pendant des siècles. C'est *ton* harem ? –

« C'est le harem de tout l'Avant-poste Neuf, » répondis-je.

Nous nous faisons face, je ne suis pas du tout habitué à ce genre de conversation. En général on m'écoute quand je parle, et on me gratifie d'un « Oui, monsieur » sincère.

Je n'ai pas l'habitude de tant de questions. Je doute l'entendre prononcer le moindre 'monsieur', sans parler de 'maître', du moins tant qu'elle est habillée.

Elle est rapide, je l'ai à peine vu prendre la brosse et me la jeter dessus. Je m'écarte de la trajectoire décrite par l'objet. *Putain*, elle sait viser !

« T'as l'intention de me partager avec tout l'Avant-poste ? » m'accuse-t-elle d'une voix emplie de fiel et de douleur. Elle est furieuse et trahie. « Je te l'ai déjà dit : je préfère aller en prison sur Terre que faire la pute. »

Ma surprise passée, je rejette mes épaules en arrière et la regarde, elle tremble. « Je t'ai déjà dit que je ne comptais pas te partager avec qui que ce soit. »

Elle recule d'un pas en entendant ma voix mais garde la tête haute. Elle me défie, elle me fait bander. J'ai envie de la dévorer, jusqu'à ce qu'elle gémisse et me supplie de la baiser comme un fou !

« Et moi, suis-je obligée de te partager avec les autres ? » Elle croise les bras sur sa poitrine, la naissance de ses seins déborde de la nuisette.

Je grince les dents, ma bite est en érection et j'ai envie de la frapper pour son insolence. La frustration me serre la poitrine et me fait serrer les poings. *Putain !* Ma partenaire est supposée être docile et douce, pas pester contre moi ou me poser des questions à tort et à travers. Mais je ne lèverai pas la main sur elle sous l'emprise de la colère.

« Je n'en ai pas d'autres, » répondis-je.

« Ha ! » Elle rit jaune. Apparemment, elle ne me croit pas. Pourquoi ? Elle croit que je mens ?

Elle agite sa main dans la pièce. « Et tout ça, c'est quoi ? »

Je regarde autour de moi, c'est confortable pour un avant-poste. « C'est ici qu'on garde les femmes en sûreté. »

Du coin de l'œil, je vois que le rabat entre les deux salles bouge, on écoute notre conversation. Je soupire. Il ne fait aucun doute que les autres femmes ont entendu notre discussion, je n'ai pas envie que ma vie privée fasse l'objet de commérages ou donne matière à ceux qui souhaitent me renverser.

Je me penche et prends Evelyn Day sur mes épaules, en faisant attention à la chaîne qui pend sous sa nuisette. Je l'attrape derrière ses cuisses et passe dans la pièce d'à côté, les femmes s'écartent pour me laisser passer.

« Qu'est-ce que tu fais ? Repose-moi ! » marmonne Evelyn Day en martelant mon dos de ses petites mains.

Je lui donne une fessée, je m'aperçois que sa tenue est remontée, je tire pour la couvrir. Si je dois traverser l'avant-poste, je n'ai pas envie que tout le monde voie sa chatte et son joli cul.

Elle a été induite en erreur au sujet du harem et est furieuse. Je dois résoudre le problème, j'ai envie de la pénétrer, de m'accoupler à elle, la sentir sous moi, m'assurer qu'elle sache qu'elle m'appartient. Mais tant que le problème ne sera pas réglé, elle risque de refuser mes avances.

« Allons dans ma tente. Tu es en sécurité au harem, mais nous n'avons aucune intimité. Vu ce que j'ai l'intention de te faire, un minimum d'intimité s'impose. Je dois te parler sans attirer l'attention de tout l'avant-poste, tu vas devoir tenir ta langue. »

AVANT QUE LE rabat de la tente du harem ne se referme, j'aperçois le sourire narquois de Mara. Je n'y décèle aucune trace d'amitié. Elle se réjouit très certainement de savoir que je vais être punie. Les autres femmes respectent Tark, je présume que je suis la seule à le défier.

En voyant sa façon d'écarquiller les yeux quand ma brosse à cheveux a rebondi contre la paroi de la tente, j'imagine qu'on ne lui a jamais rien envoyé dessus. J'ai pas pu m'en empêcher. Ce type me rend vraiment dingue ! Comment ose-t-il s'allonger sur moi, me pénétrer, me chuchoter que je ne suis rien qu'à lui et demander à Mara de le suivre quelques instants après ?

S'il trouve cette méchante femme excitante—je dois avouer que son corps attirerait plus d'un mec, même si sa personnalité est loin d'être parfaite—alors nous n'avons rien à faire ensemble. Je veux être avec lui, point final. Le programme d'accouplement du centre de recrutement a dû commettre une grossière erreur.

L'ordinateur du centre de recrutement s'est insinué dans mon esprit, a choisi la meilleure compatibilité eu égard à mes attentes et désirs subliminaux et subconscients. Dans le fauteuil, j'ai rêvé d'un homme qui me possédait pendant qu'un autre regardait. Leurs paroles étaient basiques mais sexy—putain, vachement sexuelles même—mais je me pose encore la question, à savoir, est-ce que c'est ce que je souhaite. J'ai été inflexible pour que Goran ne me touche pas, heureusement, Tark s'est montré à l'écoute, du moins jusqu'à maintenant.

Mon subconscient ne veut pas d'un homme qui dénigre le bien-être d'autrui.

Je sens l'air chaud sur ma peau alors que Tark me porte à travers l'avant-poste. La dernière fois que j'étais dehors, il faisait nuit. Un jour entier s'est écoulé, la lumière pâlit. Une nuit d'encre nous environne, et, pour couronner le tout, j'ai la tête en bas. Mon partenaire ne me donne pas vraiment l'occasion de découvrir mon nouvel environnement.

Nous nous retrouvons à l'intérieur assez rapidement et Tark me fait descendre de ses épaules. Il le fait doucement, me pose sur le sol recouvert de tapis et s'assure que je vais bien. Nous sommes dans la tente de Tark.

« Où est la table pour baiser ? Tu veux que je m'allonge dessus ? Mara aime ça ? A moins que sur Trion, vous n'arriviez pas à baiser une femme sans l'attacher ? »

Tark reste stoïque et me laisse cracher mon venin. Il porte la même tenue qu'hier. Pantalon noir, chemise grise, à manches courtes cette fois, c'est un polo boutonné devant. Ses larges épaules et son torse bien dessiné se devinent sous le tissu. Il est immense, c'est l'homme le plus parfait que je n'aie jamais vu. Des hommes pareils n'existent pas sur Terre, du moins, je n'en ai jamais croisé. Ses cheveux bruns sont en bataille, peut-être parce qu'il m'a portée.

Son regard est très expressif. J'y décèle une lueur de colère, mais il est d'un calme olympien. Bien plus calme que moi. Son regard est surpris et torride à la fois.

« Toutes les femmes sur Terre sont aussi pénibles ?
– Tous les hommes sur Trion baisent tout ce qui a une chatte ? » rétorquais-je, d'une voix tremblante.

Au lieu de hurler, il s'agenouille devant moi. Avant que je puisse deviner ses intentions, il passe sa main sous ma nuisette et retire les stim-sphères en tirant doucement sur la chaîne qui pend.

J'ai le souffle coupé lorsqu'elles glissent hors de ma chatte, je me sens vide. Je me contracte, ça fait bizarre de ne plus les sentir, même si elles ont arrêté de vibrer pendant que je dormais. Il les pose sur le tapis.

« Je vais devoir adopter un autre type de punition, mon système n'a pas amélioré tes paroles ou ton tempérament. » Je veux parler mais son regard m'enjoint de garder le silence. « Nous nous connaissons à peine, je vais y remédier aujourd'hui-même. » Tark se relève, je sens sa chaleur dans cet espace restreint. « Tu doutes de mon honorabilité, ta colère me plaît. »

Je ne m'attendais pas à ça. Je m'attendais à ce qu'il hurle et me tape, me plaque sur un son engin pour me baiser. Je lui plais ? Je suis abasourdie.

« Ça… te plaît ?

– Oui. » Il sourit et m'enlace pour que je me sente rassurée, non pas effrayée. Il sait comment me désarmer. Putain, il est encore plus séduisant quand il sourit, mon cœur accélère. « Tu crois que j'ai fait quelque chose de déshonorant et tu es vexée. J'apprécie que tu souhaites un partenaire honorable. »

Je ne réplique pas.

« J'aimerais savoir de quel déshonneur tu m'accuses.

– Tu sais parfaitement de quoi je parle. À moins que vous ayez des soucis de mémoire immédiate sur Trion ? »

Tark ôte ses bras, je me couvre de mes mains immédiatement, j'essaie de garder sa chaleur. Il s'installe dans un fauteuil et étend ses longues jambes devant lui. Les coudes sur les accoudoirs, il croise les mains. « J'ai une excellente mémoire, partenaire. Et maintenant, raconte-moi ce qui te gêne. »

Je soupire. Les hommes, quelle que soit leur planète de provenance, sont peut-être tous butés.

« Tu te souviens que tu venais tout juste de me sauter quand t'as appelé l'autre ? »

Il arque un sourcil. « J'ai demandé une autre femme ? Laquelle ? »

Mara ne m'aime pas, je ne veux pas la fâcher encore plus. Je n'ai pas envie de cafter comme une gamine, mais Mara n'a pas rejoint Tark d'elle-même, il l'a fait appeler. Je relate simplement les faits.

« Mara. »

Tark fronce les sourcils. « Ta réflexion concernant Mara tient debout. Mais Mara appartient à Davish, et je peux t'assurer, même si elle ne ferait jamais ça, que ce n'est pas du tout mon type de femme. »

Je fronce les sourcils à mon tour. Je commence à me sentir légèrement mal à l'aise, ma colère se dissipe peu à peu. Mon manque de confiance en moi refait surface. Je regarde le tapis.

« Oh »" Je revois la scène. Le garde du harem n'a pas mentionné Tark lorsqu'il a dit à Mara d'y aller. Il a simplement dit-*il*. Ce *il* était forcément son partenaire, Davish.

Quelle conne.

La tête baissée, je le regarde secouer doucement la tête. « Je suis venu chercher ma femme mais elle me rejette. »

Je relève la tête. Il décroise ses doigts et me fait signe d'approcher. Je déglutis, le tapis est doux sous mes pieds nus.

« Sur Terre, les hommes peuvent possèdent toutes les femmes qu'ils désirent ?

– Non.

– Les hommes sur Terre n'ont pas honneur ? »

Tark pose ses mains sur mes hanches et m'attire entre ses genoux écartés. Son étreinte chaude me coupe le souffle.

Je hausse les épaules. « Pas tous.

– Je présume que tu n'as fréquenté que des mecs dépourvus du sens de l'honneur ? »

Je regarde ses avant-bras, musclés et poilus.

« Parfois.

– Tu sais ce qu'est un harem ? »

Je lui jette un coup d'œil, ses yeux sombres sont pointés sur moi. Toute trace de colère les a abandonnés.

« Il y en avait sur Terre autrefois. Certaines cultures permettaient à un homme d'avoir plusieurs femmes. Le harem était le lieu où étaient hébergées ces femmes, c'était aussi l'endroit où elles habitaient, on les appelait pour qu'elles comblent ses désirs. »

« Je vois où réside le problème. » Ses mains caressent le haut de mes cuisses, il relève le tissu fin et touche ma peau nue.

« Un harem sur Trion est un lieu, bien gardé et fortifié, où une femme reste lorsqu'un homme ne peut pas lui offrir de protection. Toutes les femmes que tu as rencontrées appartiennent à quelqu'un, Mara appartient à Davish et toi— il se penche et dépose un baiser sur mon ventre, —tu m'appartiens. »

Sa façon de dire *tu m'appartiens* me donne une lueur d'espoir. « Je croyais—

– Je sais ce que tu crois. Je t'ai dit mon nom mais pas que je suis le Haut Conseiller. Il doit y avoir un rang similaire sur Terre, qui porte peut-être un nom différent. Je dirige le continent nord et les sept armées.

Nous nous trouvons actuellement à l'Avant-poste Neuf, pour la réunion générale annuelle des conseillers des autres planètes. Nous représentons tous une région ou une zone différente de la planète.

– Nous avons quelque chose de semblable sur Terre, chaque pays a un président. Nous n'avons pas de président pour la Terre entière.

– Et tous les pays du monde sont égaux ? Ou certains sont plus puissants que d'autres ?

– Les pays les plus grands contrôlent presque tout.

– Ici aussi. Ma région est la plus puissante et la plus grande. Tu comprends maintenant l'importance de mon rôle et le danger qui me menace, ainsi que ma partenaire ? Hier, je t'ai protégée de leur curiosité. »

Je me mords les lèvres. « Leur curiosité ?

– Les politiques exigeaient que je prenne une femme sur Trion pour partenaire, j'ai refusé de nombreuses propositions. Je voulais une épouse interstellaire, je n'avais pas envie de faire une alliance politique. Je voulais quelqu'un qui serait à moi, sans enjeu politique ou autres. Je voulais une femme qui convienne en tous points à l'homme que je suis. Et te voilà. »

Je penche la tête, ma crainte et mon inquiétude s'en sont allées. « Comment peux-tu en être aussi sûr ? »

– Je l'ai su dès le transfert achevé. »

Il croit dur comme fer que nous avons été accouplés parmi toutes les possibilités existantes de la galaxie. Je n'ai pas l'intention d'être accouplée. Je *devrais* être sur Terre, en train de soigner les patients à l'hôpital. Il croit que je vais rester sur Trion pour toujours, notre histoire est du court terme, elle durera jusqu'à ce que je sois appelée à témoigner. Soudain, l'idée de témoigner ne me semble plus aussi prometteuse qu'auparavant.

Il pelote mes fesses et m'attire contre lui.

« Alors... tu me promets que tu n'as pas demandé à Mara de te rejoindre ? »

Il rugit. « Femme, je n'aurais pas demandé une épouse interstellaire si j'avais voulu sauter Mara. »

En voyant mon expression, il ajoute, « Tu as l'esprit tranquille ? On a réglé ce malentendu ? »

Je me mords les lèvres, la tension et l'inquiétude se dissipent. « Tu m'as envoyée au harem pour me protéger ?

– J'avais une réunion avec les conseillers et je ne pouvais pas te surveiller. Les gardes du harem t'ont protégée en mon absence. »

Je souris faiblement. « Je suis désolée. Je n'ai pas l'habitude qu'un homme me préfère à une femme telle que... Mara.

– C'est moi qui suis gêné. Comment un homme pourrait préférer Mara à toi ? »

Je laisse échapper un rire. « Des seins fermes. Un ventre plat. Des hanches étroites. Des cuisses sans cellulite. Des cheveux lisses et soyeux. »

Tark plisse les yeux, il retire ma nuisette en silence

et la fait tomber sur le tapis. La chaîne frôle mon ventre en se balançant.

« Ta punition s'allonge.

– Quoi ? » j'essaie de reculer mais il me retient d'une main de fer.

« Jeter une brosse à cheveux sur ton maître est une offense qui mérite punition. Se comporter comme une mégère devant les autres exige un châtiment sévère. Se déprécier est encore pire. Je ne veux plus t'entendre te dénigrer.

– Mais— »

Il me retourne rapidement, me pousse sur ses genoux, dans la position de la fessée. Sa main s'abat sur mes fesses.

J'essaie de me protéger mais il tient fermement mon poignet. Mon dieu, il m'a déjà fait ça, j'aurais dû retenir la leçon. J'aurais dû en tirer des enseignements, je me retrouve encore une fois le cul à l'air.

Il parle et me frappe. Il me frappe plus durement qu'hier, les coups pleuvent avec une force qui irradie jusque dans mes pieds, je lutte pour m'y soustraire.

« J'aime que ma femme ait des courbes. J'aime que ma femme ait des hanches auxquelles m'agripper quand je la baise. »

Je ne peux réprimer mes hurlements. Ça fait mal ! Il ne s'agit pas d'une simple leçon liée à mon comportement ; c'est une punition globale. « J'aime que ma femme ait des seins qui tiennent dans la main. » Sa main caresse ma peau chaude. « Comment oses-tu poser une telle question ? »

J'essaie de reprendre mon souffle tandis qu'il fait une pause. « Parce que je suis petite et grosse. »

Il continue sa fessée et je me crispe, la douleur est cuisante, j'essaie de libérer mon poignet. « *Gara*, sur quels critères se sont-ils basés lors du test de compatibilité ? »

Il touche un anneau d'or. Je halète de plaisir. La douleur de mes fesses est cuisante, ma chatte se contracte. Je meurs d'envie qu'il touche mon clitoris, je sens que je mouille.

« Ils ont fixé des capteurs et m'ont administré un stimulant psychique. J'ai vu des centaines d'images. J'ai rêvé. Quand je me suis réveillée, le test de compatibilité était terminé. »

Il recommence à me frapper, sur le haut des cuisses cette fois-ci. Il les écarte, il frappe ma peau tendre, je ne peux plus retenir mes larmes.

« J'ai passé un test similaire. Tu corresponds exactement à mes attentes, conformément aux souhaits de mon subconscient. Tout comme je corresponds exactement à tes attentes. »

Je sanglote et réfléchis à ce qu'il vient de dire. Mon subconscient l'a choisi. Je n'avais pas envisagé, jusqu'à cet instant, qu'il m'ait choisie. Une compatibilité parfaite. Tout ce dont il a toujours rêvé et désiré en tant qu'amante et partenaire. Je suis physiquement parfaite à ses yeux, et la réciproque est vraie ? Je n'arrive pas à m'y faire. Comment pourrais-je être parfaite puisqu'il ne cesse de me frapper ?

Il me relève doucement et m'installe gentiment face à lui. Il essuie mes larmes. Je lis de la tendresse dans ses yeux. « Assez discuté. Tu es une gentille fille, tu as accepté ta punition. Il est temps de sauter ma partenaire. »

6

Il m'attire vers lui, je le chevauche, mes genoux reposent sur ses cuisses, il fait attention à ne pas heurter mes fesses endolories.

Son corps émet de la chaleur, même à travers ses vêtements. Je n'ai jamais été aussi près de lui. Évidemment il m'a déjà pénétrée mais je ne voyais pas ses yeux sombres, ni ne pouvait lire son désir. Il me donne l'occasion de l'examiner. Son nez fait une sorte de creux, comme s'il avait été cassé. Il serait facile de régler ça grâce au petit dispositif médical utilisé sur la main blessée de cette femme. Il est *imparfait*. Il a des lèvres charnues, je me demande s'il embrasse bien.

Je doute qu'il embrasse tendrement, il doit être aussi dominateur avec sa bouche qu'avec le reste. Je continue de songer à l'embrasser, il rugit.

« Ce regard, *gara*. »

Je croise son regard. Je sens sa bite entre mes jambes écartées, son membre raidi qu'il presse contre ma chatte. Sans son pantalon, il lui suffirait de bouger les hanches pour me pénétrer de tout son long.

« Tu ... embrasses ? » Il ne m'a pas encore embrassée une seule fois. Il m'a baisée, m'a fait hurler, m'a frappée, a exploré mon corps avec ses mains. Un baiser ? J'ai envie de savoir quel goût il a.

Il hausse les sourcils et sourit. Sa barbe sombre se fend d'une fossette. Mon dieu il est tellement séduisant, il est à moi. Impossible d'être plus excitée que ça. Son pantalon doit être trempée, je mouille. Sent-il mes fesses chaudes sur ses cuisses ?

Je ne connais rien de Tark et il ne connait rien de moi, le peu qu'il connait n'est que mensonge. Nous sommes de parfaits étrangers l'un pour l'autre mais je le désire avec une force que je n'ai jamais éprouvée, dont j'ignorais même l'existence. J'ai l'impression d'être une camée venant réclamer sa dose à l'hôpital. J'en meurs d'envie. J'ai envie de ressentir ce plaisir que lui seul peut me donner. Son odeur m'enivre, ses muscles bandés, sa façon de me regarder. Inutile de remettre notre compatibilité en question. La compatibilité est bien réelle. Cette attirance est bien réelle.

Mais je n'ai pas envie de rester ici. Lorsque le temps sera venu de témoigner, je retournerai sur Terre et il ne comptera plus pour moi. Je retournerai dans un monde où personne ne m'attend. Personne qui *ressemble* à Tark.

J'ai environ trois mois. Ce n'est pas parce que je vais partir que je ne dois pas profiter de Tark—même si ça implique une punition.

« Embrasser ? » demande Tark. Il fronce les sourcils un instant. « Bien sûr que si.

Pourquoi, toi non ? »

Je regarde ailleurs et le fixe à nouveau. « Oui mais tu ne m'as jamais embrassée, je n'en étais pas certaine. »

Il soupire. « Comme je te l'ai dit, nous nous trouvons à l'Avant-poste Neuf pour la réunion des conseillers, ça perturbe grandement mon désir pour toi. Je ne peux pas me consacrer librement à ton plaisir, découvrir ton corps comme je le ferai lorsque nous serons de retour au palais. D'après toi, je préfère la compagnie de mecs grognons et obtus ou la tienne ? »

Il caresse mes hanches. De par le mouvement, mon clitoris frotte contre son sexe et je gémis. Je ressens une chaleur intense.

« J'aime le bruit que tu fais, » murmure-t-il.

Il regarde mes lèvres, je les lèche.

Il me serre plus fort en me regardant faire. Ça lui plaît. Je recommence, il gémit.

« Tu es une vilaine fille. »

Avant que je puisse répondre, il se penche et cherche ma bouche. Pour un homme si grand, si puissant et naturellement dominateur, son baiser est doux et tendre. Cela dure quelques secondes, et ça change. Ça devient sensuel, ses lèvres cherchent les miennes, il glisse profondément sa langue en moi, l'effet de surprise me coupe le souffle. Il a le goût d'un homme, un vrai.

Il sait embrasser. Pourvu qu'il continue. C'est torride, c'est l'explosion. Intense, brûlant, torride. On ne m'a jamais embrassée ainsi. On m'a touchée, mais les mains de Tark sont si grandes que je m'y sens en sécurité, possédée. Et il ne me touche qu'avec ses mains et sa bouche. Qu'est-ce que ce sera quand sa verge, emprisonnée dans son pantalon, m'écartèlera ?

Je prends son visage dans mes mains, je crains de le voir disparaître si je ne le tiens pas. C'est comme dans un rêve, je le sens. Mais cette fois, je suis éveillée.

"Je ne … Je ne suis pas une vilaine fille," soufflais-je, il m'embrasse à nouveau.

Après un temps interminable, il recule et me regarde, ses yeux sombres sont mi-clos. Ses lèvres sont humides et il est essoufflé. Je lui produis cet effet, lui qui est si … insensible.

« Meurtrière. » Un mot un seul me rappelle que je suis une *très* vilaine fille.

« Mais— » j'aimerais lui dire la vérité, que c'est un mensonge, mais il pose un doigt sur mes lèvres.

« Beauté. Esprit fier. Une chatte parfaite. Des gémissements de plaisir. Tu as de grands pouvoir. »

Je ne peux m'empêcher de sourire.

« Mon pouvoir, *gara*, dépasse ton plaisir. Tu ne jouiras que sur mon ordre. »

Ça ne devrait pas poser problème, je n'arrive pas à jouir avec un homme. Du moins, avant de tomber sur lui.

« Tark—

– Maître. » Il tire sur la chaîne qui pend entre nous, l'entoure autour de son doigt et me force à m'approcher, jusqu'à ce que nos lèvres se touchent. « Tu m'appelleras maître, ton pouvoir me fait tellement bander que ma bite ressemble à une *corne* de brume, quand on baisera, tu obéiras. »

Ses mots emplis de désir sont dominateurs.

« Je suis la seule à pouvoir te satisfaire n'est-ce pas ?

–

Il tire doucement sur la chaîne et je laisse échapper un gémissement tandis que le plaisir se diffuse jusque dans mon clitoris. Comment sait-il que j'aime ça ?

« Oui … maître. »

Il écarquille les yeux en regardant ma bouche. L'appeler maître n'est pas aussi terrible que je l'imaginais. Je suis docteur. Je suis une femme libre qui ne voit pas un homme comme son maître. Mais s'agissant de Tark, c'est différent. Il est maître de mon corps, et je suis satisfaite.

« Ah, tu es une gentille fille finalement. Voyons voir. Ne jouis pas, *gara*. Seulement quand je te le dirai. »

Il tire encore un peu et laisse la chaîne pendre sur ma chatte.

« Si torride, si humide. Mets tes mains derrière la tête. Oui, comme ça. Ne bouge plus. »

Je croise mes doigts derrière ma nuque, mes coudes pointent. Cette position fait saillir ma poitrine. Il aime me voir attachée, assise sur ses jambes, inutile de m'attacher. En se forçant à rester dans cette position, c'est comme si j'avais des liens invisibles, mon vagin se contracte rien qu'à l'idée. Je ne peux qu'obéir à la volonté de Tark.

Il s'amuse, ses doigts glissent entre mes lèvres, ils s'enfoncent et me branlent—oh, mon Dieu ! —mon point G. Il ne s'y attarde pas, effectue des cercles autour de mon clitoris, il me titille sans le toucher, il me mène au paroxysme, jusqu'à ce que j'aie envie de jouir et retire sa main. Il recommence, encore et encore. Mes hanches ondulent sous sa main, mais il s'arrête à chaque fois. Et il recommence. Je gronde, je m'immobilise brièvement, jusqu'à ce que je ne puisse plus me retenir. Mes doigts glissent, un froncement de sourcil me suffit à les replacer derrière ma nuque. C'est de la torture pure et simple, Tark est content de lui, sa domination est totale.

Tout mon corps réclame cet orgasme libérateur, uniquement à l'aide de ses mains. Je vais mourir le jour où il va me sauter.

« Maître, s'il te plaît, » le suppliais-je. Ma peau est

luisante de sueur, ma gorge sèche, mes mamelons aussi petits que des cailloux, et mon clitoris palpite. Ma chatte toute entière se languit de la bite de Tark.

Il pose ses mains sur mes hanches et murmure, « Sors ma bite. »

Je m'exécute, je glisse mes mains sur ses cuisses pour dégrafer son pantalon. Les hommes sur Trion ne portent pas de slip ou c'est propre à lui ? Sa verge est enfin libérée, en érection, son gland est tout luisant de liquide séminal. J'écarquille les yeux.

J'ai senti sa queue quand il m'a baisée hier mais je ne l'ai pas encore vue. Je n'en ai jamais vue d'aussi grosse. Epaisse et foncée, rougeâtre, nichée au creux de poils sombres. Des veines saillantes courent sur son membre. Elle est coiffée d'un énorme prépuce. J'avais tout *ça* en moi ?

Je la saisis fermement à la base—ma main n'en fait même pas le tour—et le masturbe, je le branle, son excitation est visible. Je me lèche les lèvres, je me demande quel goût il a. Salé ? Musqué ? La saveur du mâle à l'état pur.

« Continue à me regarder de cette façon quand j'éjaculerai dans ta bouche, pas dans ta chatte. » Sa voix est rauque, il se détend un peu. « Prends-moi dans ta bouche. »

Il me place face à lui, au bon endroit. Tout en tenant sa verge, je me baisse afin que son gland s'appuie contre mon vagin. Je me baisse encore plus, il m'écartèle et me pénètre de tout son long.

Je pose mes mains sur ses épaules pour garder mon équilibre et m'agrippe à lui, une fois assise sur ses genoux. Il me remplit complètement, son énorme gland se fraye un chemin jusqu'à mon utérus. Je me sens pleine, dilatée, complètement possédée. La chaleur et la douleur que je ressens ne font qu'accentuer la sensation.

Je soupire, je me délecte, je suis … comblée. Ma chatte se contracte autour de sa verge, des secousses de plaisir me parcourent. Les stim-sphères qu'il a inséré me rendent plus sensible, je prends conscience de sa présence.

Tark ferme les yeux et serre les dents. « *Putain,* » siffle-t-il, juste avant d'agripper mes hanches et me faire faire des mouvements de va-et-vient.

J'essaie de bouger, de frotter mon clitoris contre lui à chaque fois qu'il me soulève mais il me tient fermement. Je ne peux que le sentir, il cogne ses hanches contre moi à chaque fois que je m'empale sur lui.

Mes seins rebondissent et ma chaîne bouge, mes mamelons fourmillent et sont dressés, son poids s'ajoute aux sensations qui courent dans mes veines, mais ce n'est pas suffisant pour me faire jouir. Cet homme sait que je suis sur le point de jouir et m'en empêche ? Ce n'était pas aussi intense l'autre fois. Notre peau est moite de sueur, nos respirations hachées. Des cris emplissent la pièce, je ne peux m'empêcher de crier de plaisir, un plaisir accru par l'impact douloureux de mes fesses à vif sur ses cuisses. Le reste de l'avant-poste est dehors, de l'autre côté de la mince paroi, nul doute qu'ils entendent—et savent—ce qu'on est en train de faire. Je m'en fiche. Tout ce qui m'importe c'est Tark, le laisser me posséder. Peu importe si je n'ai jamais joui avec un autre homme auparavant.

« On va jouir ensemble, *gara*, » rugit-il, je jurerais le sentir bander encore plus.

Il titille mon clitoris, sans cesser de me regarder.

Je n'arrive pas à garder les yeux ouverts, sa voix me rappelle à l'ordre. « Non, regarde-moi. Je veux voir ton visage quand tu jouis, quand tu reçois mon sperme. »

Mon vagin se contracte et je jouis. J'écarquille les yeux de surprise, il a réussi à me faire jouir. Je pousse un hurlement. Impossible de me retenir. Je n'en peux plus. Je me cambre et m'empale sur ses cuisses, je surfe la vague du plaisir, Tark serre les mâchoires. Il rougit et rugit. Les tendons de son cou saillent, son sexe palpite, son sperme me remplit. Ma chatte l'enserre telle un poing, elle extrait le sperme de son corps, comme si elle en avait besoin, qu'elle en mourait d'envie.

Je m'écroule, épuisée, j'appuie ma tête sur les épaules de Tark, nos poitrines sont plaquées l'une contre l'autre. Ma chatte se contracte encore, animée de petits soubresauts, je n'ai pas la moindre envie de bouger. Tark non plus, vue sa façon de caresser mon dos.

J'ignore combien de temps nous restons ainsi, mais Tark se lève, il me garde étroitement contre lui, traverse la tente, m'allonge sur le dos et se met sur moi. Il pèse de tout son poids sur son avant-bras. Une lourde mèche de cheveux tombe sur son avant-bras, je la pousse en arrière.

« Evelyn Day, tu me plais.

– Eva, » répondis-je

Il fronce les sourcils.

« Va pour Eva. » Il est important qu'il m'appelle par mon vrai prénom et non pas le faux que le procureur m'a donné en guise de nouvelle identité. Ce n'est pas moi. Evelyn Day, la meurtrière, n'existe pas.

« Eva, » répète-t-il, comme pour tester mon nouveau prénom. « Tu faisais quoi sur Terre ? »

Il fronce les sourcils, formant une ride. « Pourquoi tu lèves les yeux au ciel ?

– Tu veux vraiment qu'on en discute ? » Tark est couché sur moi, enfoncé jusqu'à la garde, telle une couverture chauffante. Son visage n'est qu'à quelques centimètres du mien, il me regarde avec une rare intensité. Je ne me suis jamais sentie aussi comblée. Choyée. Si intimement liée à quelqu'un.

Il caresse mes cheveux, je résiste à l'envie de renifler

sa main chaude. « Quoi, tu veux encore sentir mon sexe en toi ? »

Je hoche la tête contre le matelas doux.

Il sourit et je fonds. « Rien ne nous séparera, *gara*. Je veux m'assurer que mon sperme te féconde. »

« Tu … tu veux un bébé ? » Les hommes que j'ai connus ne voulaient pas du tout de bébés. « J'ai un implant contraceptif. »

Il secoue la tête. « Il a été retiré lors du recrutement. Tu te souviens de la sonde ? » Comment pourrais-je l'oublier ? « Elle a confirmé que tu étais fertile et capable d'enfanter. Tu ne veux pas d'enfant ? »

Je hausse les épaules et regarde les poils bouclés sur sa poitrine, je passe mes doigts dedans. Ils sont doux comme de la soie, je sens les battements de son cœur.

« Oui mais sur Terre, je n'avais pas de compagnon. Je pensais avoir des enfants un jour. Toi tu y songes depuis longtemps, » ajoutais-je.

« Effectivement. Je dois à tout prix avoir un héritier. »

Je me fige, je ne suis pas une simple mère porteuse.

« Ne t'énerve pas, Eva. Moi aussi j'ai envie d'un enfant, une petite fille qui te ressemblerait, rousse, comme toi. Un peu moins dynamique peut-être, si elle est comme sa mère, elle va me faire devenir chèvre. »

Sa plaisanterie me fait sourire. Ses paroles me font plaisir.

« Ce n'est pas les garçons qui perpétuent la lignée ou un truc de ce genre ? »

Il secoue la tête, caresse mon épaule, j'ai la chair de poule. Je sens mon poil se hérisser.

« Non. Ça n'a aucune importance. »

Son téton est plat, plus sombre que le reste de sa peau, je glisse ma main dessus. Il pose sa main sur la mienne, je le regarde.

Je me raidis et serre mes genoux contre ses hanches.

« J'étais … je suis docteur. »

Il lève un sourcil. « Comme Bron ?. «

– Je ne connais pas sa spécialité mais oui. Je suis urgentiste.

– Impressionnant.

– Apparemment vous êtes plus avancés sur Trion que sur Terre. Vous disposez d'une technologie d'avant-garde.

– Ah, tu veux parler de la sonde. »

Je déglutis en repensant au gode.

« Je t'assure qu'on n'a rien de semblable sur Terre. Si c'était le cas, les urgences seraient débordées. »

Tark sourit. Il a vraisemblablement l'intention de discuter et non pas de me sauter.

« Tu as été élu grand conseiller ou c'est de naissance ?

– J'en ai hérité à la mort de mon père, je transmettrai la charge à mon enfant.

– Il s'agit donc d'une monarchie.

– Oui, une monarchie. Comme je te l'ai dit, on essaye de me renverser, de gouverner différemment. Certains d'entre nous appliquent de règles beaucoup plus dures qu'ils voudraient imposer dans toute la région. J'ai une approche plus … souple, d'où l'existence d'une multitude de coutumes sur cette planète. »

C'est non seulement un amant fantastique, mais également un leader et un diplomate.

« Avoir une meurtrière pour partenaire ne va pas t'aider. » On ne manquera pas de me juger sur la base de ce passé fabriqué de toute pièce.

Il répond évasivement, se baisse et glisse sa main sur la chaîne entre mes seins.

« Tu comptes me tuer ?

– Non. » Je retiens mon souffle sous peine que ça tire sur la chaîne, sur une bague de tétons puis l'autre.

« Tu ne veux pas savoir ce que j'ai fait ?

– Tu me le diras en temps voulu ». Pour le moment, il bouge ses hanches je le sens me pénétrer. Son sperme facilite le passage.

« Pas encore » murmure-t-il en ondulant des hanches.

J'écarte les jambes en sentant son érection—mais a-t-il débandé d'ailleurs ? — j'en meurs d'envie. Son sperme coule le long de ma chatte, de mes jambes, et trempe les couvertures.

« Maître » murmurais-je, il recule et me pénètre à

nouveau. Son sexe est plus gros que le gode qu'il a utilisé. C'est torride. Il bouge en moi et mon corps lui répond.

Il sourit, ce mot lui plaît visiblement, nous recommençons inlassablement.

7

Deux jours passent ; les réunions m'obligent à confiner Eva au harem pour sa sécurité. Elle est non seulement belle mais raisonnable, elle comprend pourquoi je ne peux la garder auprès de moi. Elle ne m'a plus lancé sa brosse à cheveux dessus.

Eva ne se plaint pas, ce qui n'est pas le cas des autres conseillers. Je m'assois à ma place habituelle et les entends marmonner.

« On n'a pas assisté au premier accouplement et on ne l'a même pas vu. Seuls les partenaires du harem peuvent confirmer son existence. » Le conseiller Bertok me casse les pieds.

« Le Conseiller Tark n'est pas chez lui, répond Roark. Vous comprendrez qu'il ait besoin de protéger sa partenaire.

– La protéger de qui ? demande le vieil homme.

C'est elle la meurtrière. On devrait plutôt craindre qu'elle n'attaque les autres femmes du harem. » Il lève le bras en direction des autres. « Vous n'êtes pas inquiets pour vos partenaires ? Les gardes protègent les femmes des dangers extérieurs, alors que le vrai danger vient de *l'intérieur*.

– Ça suffit. »

Toutes les têtes se tournent vers moi.

« Goran, amène ma partenaire. »

Mon second hoche la tête et sort de la tente.

Talk poursuit avec l'ordre du jour jusqu'au retour de Goran. Il ouvre le rabat de la tente pour permettre à Eva d'entrer. Je me lève, les autres font de même. Elle me donne la main et se place à côté de moi. Elle est adorable, les hommes n'ont d'yeux que pour elle. Heureusement, elle porte sa nuisette et quelque chose par-dessus qui lui arrive aux genoux. Sa tenue ne comporte pas de bouton, Eva plaque les rabats sur sa poitrine.

Je lui adresse un petit sourire, si les conseillers savaient tout l'intérêt que je lui porte, cela pourrait s'avérer dangereux. Tout le monde nous regarde.

Je me penche vers elle et murmure « Certains hommes ici ont des coutumes plus formelles et plus strictes que d'autres. Remet-en à moi. »

Elle semble perplexe, hoche la tête et garde le silence. J'espère qu'elle ne va pas me poser de questions. Je n'ai pas envie de la frapper en public.

« Je vous présente Evelyn Day, ma partenaire. »

Tous les hommes regardent la femme à laquelle j'ai été accouplée.

« Comme vous pouvez le constater, elle est trop petite pour représenter un quelconque danger. »

Elle me regarde du coin de l'œil.

« Elle pourrait cacher une arme, » dit le conseiller Bertok en la regardant avec dédain

Je rejette mes épaules en arrière. « La question s'adresse à ma partenaire ?

– Avez-*vous* questionné votre partenaire ? Elle a commis un crime atroce sur Terre. Sa seule punition a été d'atterrir ici. Trion est certainement plus avancé que la Terre. Le fait d'échouer ici constitue une punition d'après vous ? »

Le conseiller Bertok ferait mieux de prendre sa retraite, ses idées sont trop arriérées. Malheureusement, il n'a pas besoin d'user de diplomatie. Moi oui. Ce qu'il dit est vrai. Je dois encore questionner Eva concernant ses actes. Tuer de sang-froid est un crime grave sur Trion. Et sur Terre ? Qu'est-ce qu'elle a *donc* fait ? Je le lui demanderai en privé. Plus tard.

« Le crime et la punition d'Evelyn Day sont du ressort de la Terre. Elle est ma partenaire, rien de plus. Si elle doit être punie, ce sera pour une infraction commise ici, sur Trion, je me considère comme son partenaire. «

Le vieil homme se lève.

« Il est hors de question que je reste tant qu'elle sera en liberté.

« Que voulez-vous que je fasse Conseiller Bertok, que j'emprisonne ma partenaire, la femme envoyée par le programme des Épouses Interstellaires ? Vous bafouez le traité de paix en vigueur sur Trion qui assure la sécurité de centaines d'autres mondes parce que vous avez peur d'une femme ? C'est vous qui avez souhaité la voir.

– Elle devrait être enchaînée afin que nos femmes soient en sécurité. Sinon nous partirons tous. »

Deux autres conseillers se lèvent et acquiescent.

Je ne peux pas me permettre que les hommes partent. J'ai besoin de leur présence pour clore la réunion, je n'ai pas l'intention de revenir à l'Avant-poste Neuf d'ici l'année prochaine. Je refuse d'enchaîner ma partenaire pour son bon plaisir. La discipline est certes parfois nécessaire, mais je ne vais pas punir Eva parce qu'un homme en a envie. Je la punirai quand l'occasion se présentera, je la frapperai jusqu'à ce qu'elle obéisse mais pour le moment, elle n'a rien fait pour le mériter.

Cet homme outrepasse ses droits, c'est inacceptable. Il sait pertinemment que je dois l'écouter. J'aimerais lui arracher la tête, il vaut mieux que j'appelle Goran.

« Apporte-moi une lampe. »

Goran me regarde d'un air interrogateur mais il garde le silence et obtempère.

Je me tourne vers Eva, « Mets-toi à genoux. »

Elle plisse les yeux mais obéit. Elle me regarde à travers ses longs cils, je la revois, très sensuelle, en train de me sucer. Heureusement, Goran arrive.

« Éteins la lumière, » il obtempère. Je lui prends le pieu des mains.

« Merci. »

Il hoche la tête et se retire.

« Éva, sors la chaîne de sous ta robe. »

Elle regarde les hommes, puis moi. La colère se lit dans ses yeux ; un bref instant, j'ai peur qu'elle désobéisse, heureusement elle garde le silence et fait ce que je lui demande. Elle soulève la chaîne qui pend entre ses seins et la pose sur sa robe. Sa réponse rapide est la preuve d'une confiance mutuelle. J'ai déjà dit que je ne lui ferai jamais de mal, je ne veux que son plaisir. Lui donner non pas une mais deux punitions fut difficile au début, mais vu comme elle mouille, je sais qu'elle aime ça. Maigre punition. On verra ça plus tard.

Je m'agenouille et glisse le pieu entre la chaîne et son corps, je l'enfonce dans le sable. J'appuie dessus pour m'assurer qu'il soit bien en place.

Eva n'ira nulle part, à moins qu'elle ne décide de s'entortiller autour du poteau pour déverrouiller sa chaîne. Je doute qu'elle ait envie d'arracher ses bagues de tétons. Elle est sous surveillance, sans être totalement attachée. Elle est à mes côtés—modestement couverte—là où je veux, je peux la libérer en cas de danger. Il me suffit de tirer sur le pieu pour la libérer.

« Vous êtes content maintenant ? » demandais-je au Conseiller Bertok.

Il pince ses lèvres fines, hoche la tête et retourne s'asseoir. Il ne peut rien faire d'autre. J'ai satisfait à sa demande, même s'il aurait préféré que je l'attache nue et que je l'enchaîne. Vieux *connard*.

La crise est écartée, Eva est la seule concernée. Elle garde la tête baissée pendant toute la réunion. Elle est gênée et très en colère. Tout en regardant l'ordre du jour, je surveille Eva et m'assure qu'elle soit bien installée.

Je suis un Haut Conseiller mais je suis également son partenaire, elle est ma priorité. Toute ma vie, je me suis consacré à mon travail. Il est temps que je me consacre à Eva.

La réunion touche à sa fin, un des gardes entre dans la tente. En voyant sa tête et son visage en sueur, je comprends qu'il y a un problème.

« Haut Conseiller, il y a eu un accident. Il y a des morts et des blessés. »

J'ÉTAIS INDUBITABLEMENT PLUS GÊNÉE lorsque Goran

regardait Tark en train de me sauter, avec une excitation et un orgasme monstrueux à la clé. Être contrainte de m'asseoir sur une estrade à côté de Tark, non pas comme son égal mais en tant que ... femme, ou pire, animal domestique, allait au-delà de la simple gêne. Il ne m'avait pas attachée, menottée ou entravée comme l'avait exigé cet affreux Bertok, j'étais bel et bien piégée. La chaîne attachée aux anneaux de tétons me contraint à raser le poteau. Tark est prévenant, mais je suis tout de même attachée. Je lui en ai voulu au début de la réunion, puis j'ai réalisé que mon partenaire ne faisait que son travail.

Les coutumes diffèrent aussi sur Trion et Tark doit accepter les différences inhérentes à chaque conseiller. Au lieu de m'enchaîner, il a trouvé le moyen de me transcender, tout en conservant ma dignité. Je connais la force de Tark, il pourrait aisément ôter le pieu enfoncé dans le sable.

Le regard des hommes me contraint à baisser la tête, c'est moi qui suis en position d'infériorité, pas Tark. Je n'ai pas envie de voir les regards lubriques, l'excitation, l'envie, voire la curiosité que j'ai remarqué en pénétrant sous la tente. Seul Tark a le droit de me regarder. J'aime ses yeux flambants de désir. J'aime savoir qu'il a envie de moi, sa curiosité n'a d'égale que la mienne. Ce n'est pas de la curiosité malsaine, avec Tark je me sens forte et pas une traînée.

Il voulait m'éviter ça en me gardant recluse ? Je déteste devoir me cacher aux yeux de tous. Je n'ai pas l'habitude mais maintenant je sais pourquoi. L'Avant-poste Neuf est … désagréable, même pour Tark. Il doit composer avec ses propres croyances, ses coutumes et ses convictions et celles des autres conseillers—vraisemblablement avec Bertok et ses disciples—et je vais devoir faire de même. J'ai trop parlé, il m'a frappée pour m'inculquer les lois de son pays. Tark aurait certainement dû m'administrer la fessée devant le Conseil au grand complet. Son rang de partenaire et de Haut Conseiller, l'exige. Il a parlé du palais, de la ville où il habite. Heureusement, notre séjour dans ce camp n'est que provisoire.

Lorsque le garde nous informe de l'accident, je ne veux plus baisser la tête ou demeurer cachée. Je veux faire mon travail.

Tark se lève immédiatement et retire le pieu du sable, me libérant de mon pseudo-confinement. Je bondis sur mes pieds. Tark m'attrape par le bras et me pousse vers Goran.

« Emmène-la au harem. »

Goran acquiesce, « Non ! Je peux vous aider. »

C'est la confusion la plus totale. Tout le monde parle en même temps, certains quittent la tente, escortés par les gardes.

« Par rapport à ton expérience médicale ? » ajoute Tark à voix basse, seuls Goran et moi l'entendons.

Je hoche la tête. « On ignore s'il s'agit d'un accident ou d'une attaque. »

Tark serre les mâchoires mais il réfléchit. Il n'a pas encore dit non. Je ne veux pas retourner au harem, me tourner les pouces et attendre que le temps passe. Des hommes vont mourir si je ne prête pas main forte, ça va à l'encontre de mes convictions.

« Envisage plutôt ça comme un moyen de m'éviter d'aller au harem. Tu dois avouer qu'on ne m'apprécie pas. Me blesser équivaudrait te blesser. »

Tark n'aime pas mes commentaires, mais ils sont une éventualité.

« Je t'en prie, Tark. Je suis plus - en tant que partenaire d'un haut conseiller – qu'une simple poule pondeuse. Tu me considères peut-être comme une meurtrière mais je suis qualifiée. Laisse-moi vous aider. »

Il met un moment avant de se décider. « Très bien. Tu restes à côté de moi. Tu m'obéis Eva. Tu comprends ?

– Oui. »

Mon cœur bondit presque hors de ma poitrine lorsque je réalise qu'il accepte que je l'accompagne. Il me fait confiance, il m'accorde plus de place qu'à une simple partenaire. Il sait très bien que je ne peux pas rester assise à faire des menus travaux. L'accouplement a été incroyable, Tark connaît des choses intimes me concernant qu'aucun homme ne connaîtra jamais.

« Des gardes. Tout de suite, » Tark donne l'ordre aux hommes placés à l'extérieur de la tente. « Suivez-nous. »

Tark me prend par le bras et suit l'homme qui a interrompu la réunion. Goran nous suit de près. Nous passons au milieu d'hommes déboussolés par la nouvelle. Tandis que nous marchons, je vois enfin l'Avant-poste Neuf. J'avais raison. Les hommes sont tous grands. Des hommes escortent quelques femmes. Je vois une longue rangée de tentes et de stands, on dirait un souk ou une foire. Ça sent la viande, les amandes, et les épices. Je suis essoufflée et en sueur. Le soleil tape fort mais je n'ai pas envie de mettre ma capuche.

« Que s'est-il passé ? » demande Tark au garde.

L'homme le regarde d'un air sombre.

« Davish et son contingent se dirigeaient vers la région sud lorsqu'ils ont été attaqués. Ils étaient à mi-chemin lorsque l'attaque s'est produite. Les survivants sont rentrés, nous sommes leur seule chance de survie. Les sentinelles les ont vus et ont appelé à l'aide. »

« Probablement. Ils sont repartis depuis longtemps mais un escadron s'est lancé à leur recherche. »

Le contraste entre Tark l'amant et Tark le haut conseiller est frappante. Bien qu'il soit dominateur et directif avec moi, ses caresses, sa voix, et même ses va-et-vient sont mûrement réfléchis, voire doux. Je n'ai pas peur de lui. Quand je vois ses épaules tendues, cette puissance, c'est une toute autre personne. Le garde est à ses ordres, ses défenseurs prêts à tout affronter.

Nous sortons entre deux tentes, l'horizon s'offre à nous. A gauche et à droite, on aperçoit l'extrême limite de l'avant-poste, un long alignement de structures provisoires identiques.

C'est une grande ville au milieu de nulle part, si tant est que la vue qui s'offre à moi soit un indice. J'ai traversé le désert du sud-ouest avec un ami pendant des vacances. Le paysage était aride et effrayant. Il n'y a pas d'arbres comme on a l'habitude d'en voir à la campagne. En Arizona, le ciel est immensément bleu, les roches rouge-orange. C'est le seul désert que je connaisse, le seul auquel je puisse me référer. Sur Trion, le désert est totalement différent.

Le sable est blanc, on se croirait sur une plage, un océan infini à des kilomètres à la ronde. Des broussailles mauves, rouges et marron émaillent le paysage, des rochers gris découpés cassent la ligne d'horizon. Il y a deux lunes dans le ciel, une blanche et l'autre rouge sang. Je mets mes mains devant mes yeux pour me protéger de l'éblouissement, je regarde. Pas longtemps.

Le garde indique sur notre droite un petit groupe

de personnes et de grands animaux. Ce doit être des chameaux puisqu'on est dans le désert, même s'ils ressemblent plus à des chevaux à longs poils. Des hommes tiennent les animaux en laisse et forment un cercle protecteur autour de gens allongés par terre. Tark et moi nous frayons un chemin au milieu.

Je compte rapidement, par habitude. L'adrénaline coule dans mes veines. Huit hommes et femmes sont allongés au sol. Certains portent des coups ou sont blessés, d'autres sont immobiles. L'un est mort, la matière grise s'écoule d'une fracture du crâne.

À notre approche, un des hommes se tenant près d'une femme blessée se rapproche.

« Haut Conseiller. » Il baisse la tête en signe de respect. « Nous avons un mort, trois sont mourants, les autres ont des blessures mineures. Nos sondes et nos scanners ne peuvent malheureusement guérir leurs graves blessures.

– Vite. Elle se vide de son sang ! »

Nous nous tournons en direction du cri. Un autre homme s'agenouille près de la femme blessée. « Impossible de l'arrêter. La baguette ReGen ne marche pas ! » Il panique, il écarquille les yeux et voyant le sang s'échapper de la cuisse entaillée. L'homme agite un petit instrument, mais la lumière bleue ne s'allume pas, il ne se passe rien.

« C'est une hémorragie artérielle. Je dois l'aider. »
Une main m'arrête.

Je regarde Tark. « Frappe-moi tant que tu voudras, mais je dois l'aider. Tout de suite. Elle sera morte dans une minute si je n'endigue pas l'hémorragie. » Je me débats.

« Les cas graves partent au bloc, dit Tark.

– Ils mourront avant d'y parvenir et nous n'avons pas de caissons de régénération, » réplique l'homme. Il a déjà vu une hémorragie artérielle ?

« Merde, » murmure Tark.

Quand je vois le sable s'imbiber du sang du blessé, je me débats encore plus pour me dégager de Tark.

« Je peux faire quelque chose, espère d'idiot de partenaire. Je suis docteur putain. C'est mon *boulot*. »

–Vous ? » demande l'autre homme, abasourdi.

Tark relâche son étreinte, à moins que je n'aie réussi à me libérer par moi-même. Je ne réponds pas, « Il faut immédiatement poser un garrot. » Je m'agenouille dans le sable pour évaluer la blessure. Je ne lève pas les yeux, « Trouvez-moi des pinces, une aiguille et du fil. »

Les trois hommes s'arrêtent.

« Tout de suite ! » hurlais-je.

« Apportez-lui ce qu'elle demande, » ordonne Tark, ils s'exécutent.

J'attrape l'ourlet de ma robe et déchire une bande de tissu. Je la passe sous sa jambe et l'attache sur sa cuisse, au-dessus de la blessure, le sang coule à flot. J'ignore comment elle a survécu à l'attaque. Je crains que la blessure de cette femme se soit aggravée durant le trajet. Je tire sur la bandelette, fais un garrot au-dessus de l'entaille, le sang s'arrête de couler.

« Son artère fémorale a été sectionnée. La déplacer lui ferait plus de mal que de bien. »

Peu importe ce qui s'est passé, il faut la soigner. Heureusement elle porte une nuisette courte, la partie inférieure est rouge de sang. Le haut de sa robe est similaire au mien mais il ne la couvre pas.

Je glisse mes doigts dans l'entaille et trouve rapidement la zone lésée. « Pinces. » Tark me protège les yeux du soleil. Une silhouette sombre se tient au-dessus de moi, je sais que c'est lui. « Les pinces, répétais-je. De quoi tenir l'artère pendant que je la recouds. »

Avant qu'il ait le temps de bouger, l'homme qui est venu à notre rencontre me tend quelque chose ressemblant à des pinces.

« Ça fera l'affaire. » Les doigts glissants, je referme l'artère. « J'ai besoin que quelqu'un les tienne. »

Tark s'agenouille à mes côtés, nos épaules se heurtent, et les maintient.

« Garde-les fermées.

Fil et aiguille ? »

On me les passe sur ma gauche, le fil est déjà enfilé dans l'aiguille. Je me penche et recouds attentivement et méthodiquement le petit trou. Quelques points suffisent, mais ces petits points font toute la différence entre la vie et la mort.

« Desserre les pinces, mais ne les enlève pas. Tu appuieras dessus si les sutures ne tiennent pas. »

Tark relâche sa pression sur les pinces, nous regardons si les points tiennent. Je sais que les hommes nous regardent mais ils ne m'intéressent pas, tout ce qui compte c'est que l'artère de cette femme tienne.

« On peut la soigner avec cette … baguette au bloc ? » demandais-je, mes mains sont placées directement au-dessus de l'entaille, prêtes à faire d'autres points si nécessaire.

« Oui, maintenant que l'hémorragie est arrêtée. »

J'ignore qui a parlé, il se tient sur ma gauche.

« Utilisez la baguette ReGen sur elle avant de la déplacer. Soignez-la tant que vous pouvez afin que la plaie ne se réouvre pas. Vous pourrez enlever le garrot quand l'artère sera réparée. Mais vite, sinon elle risque de perdre sa jambe. »

J'agite ma main ensanglantée en l'air.

« Réparez cette artère ou alors, faites très très attention lorsque vous la placerez dans le caisson dont on a parlé. »

Plusieurs hommes prennent ma place aux côtés de la blessée. C'est seulement en voyant son visage—je prête attention à autre chose que cette vilaine blessure—que je reconnais Mara. Mes avant-bras sont couverts de sang. Je suis contente de voir qu'elle va s'en sortir. C'est une sacrée garce, mais elle ne mérite pas de mourir pour autant.

Je me détourne d'elle, son état est stable.

« Les blessés ont été triés, à qui le tour ? »

Je regarde dans l'attente d'une réponse. Personne ne répond, je regarde l'autre blessé.

« Qui risque de mourir en l'absence de soins immédiats ? »

On m'indique le patient suivant. J'ignore combien de temps je travaille, mais je mets du temps à stabiliser l'homme au poumon perforé. En utilisant une simple feuille semblable à du plastique reliée à une étrange tablette électronique, je fabrique une sorte de suture provisoire qui permet à l'homme de mieux respirer. Stabilisé, il est conduit au bloc pour être soigné à l'aide de la baguette ReGen. J'ignore ce qu'est un caisson de régénération, il faudra que je tire ça au clair.

Le reste des blessés est conduit au bloc sur de simples civières. J'ai posé une attelle sur une jambe cassée, les gadgets de Trion sont plus efficaces que la pose d'un plâtre, ce qui est tout à fait impossible en plein désert, peu importe mes qualifications.

Le dernier blessé parti, Tark et d'autres hommes approchent. Je dois faire peur à voir. J'ai du sang jusqu'aux coudes, ma robe est déchirée et me glisse des épaules, le devant de ma nuisette est maculé de sang. Je transpire, mes cheveux sont plaqués sur mon front et ma nuque.

Je suis fatiguée, j'ai chaud et j'ai faim, toute cette adrénaline m'a épuisée, je n'ai pas envie qu'on me ramène au harem, d'être attachée ou qu'on me dise que je suis une meurtrière. L'homme venu nous voir me parle, il me donne la chair de poule.

« Je suis le Docteur Rahm. Impressionnant. »

Surprise, je lève la tête vers lui.

« Le Haut Conseiller Tark m'a dit que vous étiez docteur sur Terre. Vous avez accompli un travail incroyable. Vos capacités vont bien au-delà de n'importe quel médecin sur Trion, je vous suis reconnaissant pour votre aide. Je crains que nous soyons devenus trop dépendants de notre technologie. Merci pour votre aide. »

Ma gorge est sèche, j'ai soif.

« Merci.

–J'ai appris que la première victime était complètement guérie au bloc, les autres ont presque achevé leur régénération. La femme blessée n'a pas perdu sa jambe. »

Je ne peux m'empêcher de sourire en sachant que mes aptitudes sont reconnues, que les gens ont survécu grâce à moi.

« Heureuse de l'entendre. »

L'homme me regarde avec curiosité, mais pas comme les hommes lors du Conseil.

« J'aimerais discuter avec vous, vous pourriez peut-être nous former. Le nœud que vous avez fait sur les sutures—

—Docteur Rahm, ma partenaire est épuisée. » La voix protectrice de Tark l'interrompt.

« Vous lui poserez vos questions une autre fois. Elle a besoin de prendre un bain et de se restaurer, sinon ce sera bientôt elle qui aura besoin d'une régénération. »

Il s'incline légèrement.

« Bien sûr. Veuillez m'excuser. Je n'ai jamais vu quelqu'un d'aussi qualifié sur Trion.

—J'organiserai une rencontre, si ça te convient Eva. »

Tark s'en réfère à moi, quelle surprise. Auparavant il commandait, j'obéissais. Ce changement est une réelle surprise.

« Oui bien entendu.

—Merci en tout cas. » L'homme s'incline devant moi, et non devant Tark, et se retire.

Tark se penche et murmure, « Apparemment, *gara*, je ne suis pas le seul à être fasciné par ta présence. »

8

Je suis en totale admiration devant ma partenaire. De retour sous ma tente, je l'aide à retirer ses vêtements pleins de sang, ils tombent en une pile sale à ses pieds. Elle a aidé les blessés. Sa dextérité pour sauver Mara était effrayante, grisante et intense à la fois.

La baguette ReGen n'aurait pas pu suturer une plaie aussi profonde. Elle soigne des égratignures, ce qui ne nécessite pas l'utilisation des caissons de régénération. Le docteur Rahm n'a pas été en mesure d'aider Mara. Sur Trion, il est rare qu'on meurt d'une blessure comme celle de Mara. Nos instruments de guérison subviennent à la plupart des urgences rapidement et efficacement. Dans ce cas précis, le lieu éloigné et d'autres facteurs, les instruments ont été inopérants. Nous avions besoin des facultés d'Eva, nos docteurs doivent se former. Agiter des baguettes guérisseuses ne fait pas tout. Il faudra aborder le sujet lors d'un prochain conseil. Si les talents d'Eva peuvent sauver quelqu'un de la mort sur Trion, ça vaut le coup que nos médecins apprennent ces gestes.

J'ouvre le caisson salle de bain pour Eva et le règle sur un cycle de lavage complet. « N'oublie pas de fermer les yeux » murmurais-je, je me souviens de la première fois où elle s'est servie de la machine et ne savait pas l'utiliser. L'expérience l'avait effrayée. Elle m'a dit comment elle se lave sur Terre, c'est archaïque, l'idée de mes mains savonneuses sur son corps nu me fait bander. « Le sang va s'en aller, tu seras propre sans avoir à te frictionner. »

Cette fois-ci elle est bien plus docile, un mélange d'habitude et de lassitude.

J'ai mené de nombreuses batailles, je me rappelle de la tension dans l'air. Des enjeux. La vie ou la mort, la poussée d'adrénaline qui met des heures à retomber. Et puis ça s'estompe et je me sens lessivé, comme si toute mon énergie partait avec l'eau du bain.

Eva n'a pas combattu—elle était en sécurité avec moi et les gardes—mais sa réaction est semblable. Elle s'est occupée des autres, c'est à mon tour maintenant.

La douche terminée, elle sort, plus aucune trace de sang. Elle est d'une beauté à couper le souffle. J'admire son esprit et son intelligence. Ma partenaire m'émerveille de plus en plus.

« Tiens-toi droite, *gara*. »

J'attrape ma chaîne et défais précautionneusement les liens attachés aux bagues de tétons.

Elle me regarde et fronce les sourcils.

« Qu'est-ce que tu fais ? Tu me … répudies ? » Elle pâlit de crainte.

« Oh, *gara*, non. » Je passe mon doigt sur sa peau blanche.

« Je vais t'offrir autre chose. Tu me fais envisager … les choses sous un autre angle. »

Je prends sa main et l'amène vers le lit, je l'assoie au milieu, sur les couvertures et les fourrures. Je soulève le couvercle du petit coffre près du lit, j'y choisis des pierres précieuses.

« Je ne connais pas la coutume sur Terre, mais sur Trion, un homme offre des bijoux à sa partenaire. »

Elle hoche la tête.

« Sur Terre, c'est une alliance. »

Je regarde ces doigts qui ne portent aucune bague. Ces doigts qui, il y a peu, baignaient dans le sang. Je réalise quelque chose d'important. Je le savais sans doute depuis longtemps, son comportement aujourd'hui n'a fait que le confirmer. Elle a des mains de docteur, pas de tueur.

« Tu n'es pas une meurtrière. »

Elle fronce les sourcils, un V profond se forme.

« Quel est le lien avec les bijoux ? »

Je regarde les pierres précieuses vertes dans ma main.

« Rien. »

Je croise son regard.

« Ton crime. Tu dis être inculpée de meurtre. »

Elle ne répond pas, normal, je ne lui ai pas posé de question.

« C'est faux n'est-ce pas ? Notre accouplement est bien réel. Notre connexion— je nous montre tous les deux, —n'est pas un mensonge. »

Ses yeux se remplissent de larmes.

« Non. Ce n'est pas un mensonge.

–Et le reste ? » demandais-je doucement. Trion pèse lourd dans sa réponse.

« Des mensonges, » murmure-t-elle, une larme glisse le long de sa joue. Elle l'essuie du revers de sa main.

Je soupire, infiniment soulagé.

« Dis-moi. Dis-moi tout. »

Je m'assois sur le tapis devant elle.

« Sur Terre, je travaille aux urgences dans un hôpital. Les gens viennent s'ils sont malades ou blessés, comme aujourd'hui. Je sauve des vies. C'est mon travail. Un soir un type est arrivé, il avait reçu une balle. »

Elle me décrit ce que ça implique, l'arme utilisée.

« On l'a tiré d'affaire et il est monté en chambre. Sur

Terre, la guérison prend plusieurs jours, voire des semaines. Durant sa convalescence, quelqu'un est entré à l'hôpital et l'a tué. C'était un crime crapuleux—une famille impliquée dans une sombre affaire—il a été tué pour régler une dette de guerre entre ces familles. Cet aspect de l'histoire n'a pas d'importance, sauf que j'ai tout vu, j'ai vu l'assassin à travers le rideau qui sépare les lits. »

Je serre les pierres précieuses dans ma main. À l'idée que Eva soit passée si près de l'assassin— un vrai tueur —j'aimerais me transporter sur Terre pour le traquer.

« Il ne m'a pas vu, il ne savait pas que j'étais là. Quand la police est arrivée, on nous a tous interrogés et j'ai identifié l'homme. Il est recherché pour de nombreux crimes, mais n'a été inculpé pour aucuns d'eux. C'est un assassin notoire, il a de nombreux morts sur la conscience. Et je suis la seule à pouvoir l'arrêter. Grâce à mon témoignage on pourra l'arrêter, démanteler une famille extrêmement puissante ayant voué sa vie au crime. »

L'effroi s'empare de moi. Je sais ce qu'elle va dire.

« Ils t'ont envoyée ici pour que tu sois en sécurité, afin que le tueur ne s'en prenne pas à toi. »

Ils l'ont envoyée sur Trion.

Elle acquiesce.

« La seule issue possible était d'intégrer le Programme des Epouses Interstellaires en tant que criminelle. Sur Terre, on exfiltre les criminels en vitesse. »

Je suis en colère. Furieux. Eva a été contrainte d'abandonner sa vie, sa planète, parce qu'elle a été témoin d'un crime.

« Tu es innocente et à cause de ce *connard*, tu deviens la criminelle, la meurtrière. C'est l'avis de Bertok et des autres. »

Je ravale ma colère.

« Oui mais je suis accouplée à toi. »

Je la regarde intensément. Elle a raison. Nous avons été accouplés par hasard. Sinon, cela ne serait jamais arrivé. Elle n'aurait *pas* été considérée comme une criminelle et n'aurait jamais participé au Programme des Epouses Interstellaires. Le hasard ? Plutôt le destin.

« Peu importe. Ça n'a aucune importance. Tu es là, en sécurité et loin de toute menace sur Terre. »

Elle s'agenouille et vient vers moi. Ses yeux clairs sont désolés, et non pas soulagés.

« Je dois rentrer. »

Je me lève subitement. Ses mots me font l'effet d'un coup de poing dans le plexus.

« Quoi ? »

Elle ne peut pas partir. Elle vient tout juste d'arriver. Je viens de la trouver. Elle m'appartient, elle ne partira pas.

« Je dois témoigner. J'ai un nodule de transport privé implanté dans le crâne. »

Elle touche un endroit derrière son oreille.

« Lorsque le moment sera venu, ça me transportera pour témoigner. Habituellement, les accouplements des épouses provenant de Terre sont définitifs, mais ce n'est pas mon cas. Ils envisagent de me ramener sur Terre pour le procès. Je dois rentrer.

– Quand ? Pourquoi ne m'as-tu rien dit ?

– J'ignore quand. Le procès aura lieu dans quelques mois. Je suis supposée me fondre dans la masse sur Trion et me cacher jusqu'à ce qu'ils m'appellent.

– Non. Je ne te laisserai pas partir. Le docteur Rahm va enlever ce nodule. »

Elle secoue doucement la tête.

« Ça ne fonctionne pas ainsi. Ça fait partie du contrat. Ils me gardent en vie pour que je témoigne. Evidemment je n'avais pas envie de mourir, alors j'ai dit oui. J'ignorais où et vers qui ils allaient m'envoyer. Je ne savais rien, tout comme toi. Je leur ai fait promettre de me ramener, non seulement pour témoigner et envoyer ce type en prison, mais aussi parce que je voulais rentrer chez moi. »

Mon cœur bat si fort qu'Eva doit l'entendre. Ça me fait mal de penser qu'elle puisse se trouver à des années-lumière de moi. Je n'aime pas l'idée qu'elle reste au harem dans l'avant-poste.

« Et maintenant ? Tu veux toujours rentrer chez toi ?

– Je… Je ne sais pas. »

Son indécision me convient. Elle n'a pas dit oui. Elle ne saute pas de joie à l'idée de rentrer sur Terre. Elle semble perdue et perplexe. Si elle veut rester, elle doit renoncer à son monde et sa vie pour toujours. En tant qu'inculpée de meurtre, elle n'a pas le choix, mais Eva sait depuis le début qu'elle peut rentrer chez elle. Elle est partagée.

Je dois la persuader de rester. Elle lit peut-être dans mes pensées.

« Je dois y aller. Je n'ai pas le choix. La technologie des transports me ramènera. Je ne sais même pas quand. »

Il doit bien exister un moyen. Je dois découvrir comment faire pour la garder. Pour le moment, je dois le lui montrer, dissiper ses doutes. Elle doit savoir qu'elle m'appartient. Je le lui ai dit et redit, lourdement même. Je dois lui montrer mes sentiments, la convaincre de rester au nom de ce lien qui nous unit.

Je monte sur le lit, relève son menton afin qu'elle me regarde.

« Tu t'appelles vraiment Eva ?

–Oui.

–Peu importe le programme des épouses. Tout ce qui compte c'est ce qu'on ressent. Je sais que tu es une partenaire parfaite. Je le *sens.* »

Les larmes ruissellent sur ses joues. Je m'agenouille et ouvre ma main.

« La chaîne entre tes seins me fait tienne, tout le

monde le sait, c'est le symbole de mon pouvoir sur toi. Tu as pu t'en rendre compte lors de la réunion. Lorsque j'ai montré ma possessivité aux conseillers, c'était à ton détriment. »

Je fixe une pierre précieuse verte sur son téton droit et l'autre sur son téton gauche.

« Tu es mienne. Celles-ci, du moins je l'espère— je quitte ses mamelons des yeux pour la regarder, —tu les porteras parce que tu es fière de moi. Ça prouve que je t'appartiens. »

Elle est encore plus ravissante sans la chaîne. Les pierres précieuses ressortent sur sa peau claire et ses cheveux brillent tel le feu. Mon sexe s'agite dans mon pantalon, mon cœur lui parle de mes sentiments, ma queue, elle, veut les lui *montrer*.

« C'est trop, » répond-elle.

Je fronce les sourcils et prends ses seins en coupe.

« Trop ? Ça fait mal ? »

Sa peau est douce comme de la soie, mes mains sont dures et sombres sur sa peau tendre.

Elle secoue la tête.

« Les pierres. Elles sont précieuses. »

Mon inquiétude s'évanouit.

« *Tu* es précieuse. »

Je souris, envolée la mauvaise humeur. Je ne partage pas souvent mes sentiments—jamais—je tends vers une approche plus charnelle avec elle.

« Tes bagues font ça ? »

J'agite ma main devant les pierres précieuses, elles se mettent à vibrer. La pierre précieuse est un stimulateur relié à la bague, je peux le contrôler.

« Oh, halète-t-elle. Tu as … différents types de jouets.

–Des jouets ? Comme pour les enfants ? »

Elle ferme les yeux et tend ses seins.

« Non, des jouets pour … le sexe. Comme les stim-sphères." »

Je frotte le dessous de son sein et elle me jette un regard.

« Hmm, tu aimes bien hein, surtout si tu prends ça pour des jouets. Tu aimes les godes ? »

Nous sommes accouplés mais j'ai encore beaucoup à apprendre.

« Je ne m'en suis jamais servie avec quelqu'un mais apparemment oui. »

J'aime sa phrase. Tout me porte à croire que cette femme est plus audacieuse qu'elle n'ose l'imaginer. Elle n'a peut-être pas eu l'occasion de tester ses limites, je vais y remédier dès à présent.

« Eva, tu es une *vilaine* fille. »

Je souris. Je me penche, ouvre le petit coffre et pose toute une collection de godes sur le lit.

« Tiens, tu as la permission de jouer avec pendant que je me douche, mais ne jouis pas. Ton plaisir m'appartient. »

Je lui tends un gode et pars me doucher.

Ma bite se fiche que je sois propre ou pas, mais je veux la laisser jouer quelques minutes avec avant de les utiliser sur elle.

« Tu en as trouvé un qui te plait ? » demande Tark en sortant de la salle de bain.

Je regarde la sélection de godes de l'espace, j'ai la bouche sèche. J'ai hâte de voir Tark tout nu. C'est un guerrier, sombre et menaçant, il est grand avec des muscles redoutables, personne ne lui arrive à la cheville. Pas étonnant que je sois sous le charme. Tout en lui respire la puissance, et à en juger par la façon dont ma chatte se contracte et s'assouplit, il envoie des phéromones à tout va.

« Oh, je… hum. »

Il sourit, je reste sans voix. Il relève mon menton et indique ce que j'ai dans la main.

« Je te dis à quoi ça sert ou je te montre ? »

Je regarde les drôles d'engins. On dirait un gode comportant plusieurs sphères, étroites au sommet et plus larges à la base, c'est par là que je l'attrape. L'autre est un U en métal lisse, je n'ai aucune idée de son fonctionnement ni d'où ça peut bien se mettre. Je n'arrive pas à le faire vibrer.

Je me lèche les lèvres.

« Montre-moi. »

Il vient sur le lit, vient à côté de moi et me le prend des mains. Il touche les pierres précieuses sur mes tétons.

« Comme ça ? »

« Mmm, » murmurais-je.

Les pierres précieuses sont moins lourdes que la chaîne, je me sens presque nue. Mais la chaîne ne vibrait pas, elle ne faisait rien hormis exercer une tension constante. Les pierres précieuses font durcir mes mamelons presque instantanément une fois que Tark a déclenché les vibrations. Toucher mes seins et appuyer sur mes mamelons n'apaise pas la sensation procurée par les pierres précieuses. J'ignore combien de temps je vais pouvoir supporter cette torture. Il veut utiliser des godes étranges. Je ne suis pas certaine d'y survivre. Mais je veux essayer.

« À plat ventre. »

Je lui lance un regard interrogateur et écarquille les yeux.

« Souviens-toi, *gara*, je te traite d'égal à égal hors de ces murs—tant que ta sécurité n'est pas en jeu—mais quand on baise, c'est moi qui commande. Toujours. »

Il parle d'une voix douce mais autoritaire. Il m'a secondé et m'a obéi quand j'ai soigné Mara, il s'est mis à l'écart et m'a permis de faire mon boulot, jusqu'à ce que tous les blessés soient pris en charge. J'étais responsable et il l'a accepté. Mais ici, sous sa tente, il a les pleins pouvoirs. Je l'y autorise parce que c'est la vérité, mais également parce que ça me convient. Je veux que Tark me dise ce que je dois faire, me domine, m'attache et fasse comme bon lui semble. Qu'il me frappe même. Ça m'excite, ça me plait. Ça comble un manque que j'ignorais. Le test du programme des épouses me laisse entrevoir des facettes profondément enfouies dont j'ignorais l'existence. Par conséquent, je ne lui pose pas de question. Je me mets à plat ventre, en faisant attention aux pierres précieuses sur les couvertures.

« Appuie-toi sur tes coudes si tu veux. J'aimerais bien que tu te mettes comme ça, j'aime te voir avec ces bijoux. »

Appuyée sur mes avant-bras, mon dos se cambre et me seins pointent vers le bas. Oui, vu son regard intense et ses lèvres fermées, il aime ça. Je me sens … belle.

Sa main glisse sur mon dos, descend le long de ma colonne et empoigne une fesse.

« Parfaite.

–Tu ne me frappes pas ?" » Demandais-je.

Je me contracte et attends le premier coup sec. Ma chatte mouille à l'idée.

Il me regarde.

« Pourquoi, t'en as envie ? »

Je fais non de la tête, même si ce n'est pas tout à fait vrai.

Il tient le gode avec les sphères.

« Je mets ça dans ton cul, ça le dilate afin d'accueillir ma bite. »

J'écarquille les yeux, je perçois le gode d'un tout autre point de vue.

Souriant, il le pose sur le lit et prend celui en U.

« Celui-là. » Il le pose au creux de mes reins.

« Quand on a baisé la première fois, je t'ai touché avec ici. »

Il glisse ses doigts entre ma raie des fesses, jusqu'à mon anus.

« Non, *gara*, détends-toi. Relax. »

Il enlève sa main et prend quelque chose sur la pile de godes sur le lit. On dirait un flacon, il change alors de position, je vois ses mains et commence à m'inquiéter. J'ai une petite idée de ce qu'il va faire, à quoi ça sert, je ressens un mélange d'appréhension et d'excitation. Il incline le flacon, une goutte de liquide transparent coule sur ses doigts. Je connais cette odeur. Des amandes.

Je sais où vont aller ces godes et je me détends. Je regarde derrière mon épaule, il écarte mes fesses et m'enduit du fluide huileux *là*.

Il effectue des cercles, très légèrement, très doucement, en murmurant.

« Chhhhut, gentille fille. Respire. Oui, détends-toi. Tu as joui quand je t'ai doigtée. Imagine ce que tu vas ressentir avec mon sexe profondément enfoncé en toi.

Il est bien plus petit que l'autre gode. Différent. Fais-moi confiance. »

Je lui fais confiance mais je me contracte en songeant à sa bite ... à cet endroit. Il se moque de moi mais ça ne me gêne pas. Enfin, pas vraiment. Je suis très *embêtée* par ses attentions.

Il prend le flacon et le place contre mon anus vierge, il enfonce l'embouchure à l'intérieur. C'est tout petit, il s'enfonce malgré le fait que je sois contractée. Je sens un liquide chaud couler en moi. L'odeur est douce et forte à la fois, assez forte pour me remémorer le rêve que j'ai fait au centre de recrutement. Mon dieu, c'était l'odeur d'un lubrifiant anal ?

« Ça va glisser, *gara*, je ne vais pas te faire mal. Ça y est. Tu le sens ? Oui c'est chaud et ça va faciliter le passage de mon doigt ou du gode, et surtout, de ma queue. »

J'ignore la quantité de liquide qu'il a versé, beaucoup apparemment, la sensation de chaleur me surprend. Ça ne fait pas mal du tout mais maintenant, je sais à quelle profondeur il compte me pénétrer. Heureusement qu'il m'y a préparée autrement qu'avec un simple lubrifiant.

Le processus d'accouplement doit permettre de lire dans les pensées.

« Pas de bite aujourd'hui, *gara*. Tu n'es pas ... encore prête. Bientôt. Je te prendrai dans tous les sens. Je vais te posséder par tous tes orifices. »

Sa voix passionnée et le ton de sa voix me fait haleter. Il enlève le gode et écarte mes fesses. Cette fois-ci, je ne sens pas son doigt mais le métal. Il fait des cercles avec et le presse contre moi, tout en murmurant. Des mots empreints de désir, de louanges, je me détends, il glisse l'objet dans mon cul et me dilate.

Une fois à l'intérieur, Tark n'a pas terminé, je comprends maintenant à quoi sert cette forme en U. L'autre extrémité glisse facilement et sans problème dans ma chatte. Petit à petit, jusqu'à ce que mes deux orifices soient remplis par le métal dur. Ce n'est pas aussi large que la queue de Tark, mon corps se contracte sur cet objet étranger, ça ne me suffit pas.

Tark caresse mes fesses.

« C'est comment ? »

Je le regarde, le guerrier s'est mué en amant. Sa verge épaisse se dresse fièrement, en érection, je préfère sa queue au gode.

« C'est... profond. Mais pas aussi gros que toi. »

Il sourit d'un air espiègle.

« Tu me flattes, *gara*. Ça me plaît. Ma verge peut faire ça ? »

Soudain, le métal se met à vibrer.

« Merde ! »

Je crie, mes bras flanchent et je m'écroule sur le lit.

« Tout ... vibre sur Trion ? » demandais-je le souffle court.

Je n'arrive pas à rester allongée. Je dois bouger, le

gode en forme de U atteint des zones érogènes dont je ne connaissais pas l'existence. Sentir quelque chose de si profondément enfoncé devrait me gêner, je suis au paradis. C'est comme dans mon rêve. Le plaisir intense, l'odeur des amandes. Oh, mon Dieu, je vais jouir. Je tends mon cul en l'air, je me contorsionne, je tombe sur le côté et touche mes seins, j'essaie de soulager la douleur.

« Tark ! »

Il me regarde avec avidité me tordre sur le lit, visiblement fier de lui.

« Maître, » dis-je en grondant.

Il me retourne sur le dos, écarte mes jambes et se place entre elles. Il n'est pas doux, mais ce n'est pas de doux dont j'ai envie. Les sensations sont incroyables, je nage dans le bonheur. Je transpire et mon cœur bat la chamade. J'arrive à peine à reprendre mon souffle, si ce n'est pour crier.

Je ferme les yeux, ivre de plaisir. Je ne m'aperçois pas qu'il met sa tête entre mes jambes, jusqu'à ce que je le sente lécher mon clitoris. Je relève la tête et le regarde. Il me regarde, la bouche toute brillante de mes fluides.

« Maître.

–Tu veux jouir Eva ? »

Sa langue lèche mon clitoris, je sens son souffle chaud sur mon petit bouton sensible. Il m'attrape par les hanches pour que j'arrête de bouger.

« Oui.

—Dis-le.

—Je veux jouir… maître.

—Gentille fille. Tu peux jouir. »

Il me suce, sa langue me lèche et s'enfonce. J'ignore ce qu'il fabrique et je m'en fiche. Il est aussi doué avec sa langue qu'avec ses doigts ou sa queue.

Je jouis en hurlant. C'est si intense que mes cuisses se referment sur sa tête. Je vais écraser sa tête comme une noisette mais je m'en fiche. Les vibrations dans mon cul sont si incroyables que j'en pleure. Entre mon cul, ma chatte et Tark qui me bouffe le clito, je jouis à nouveau. Et encore.

« Arrête. Arrête ! »

Je vais mourir de plaisir.

Soudainement, les vibrations du gode en U et les pierres précieuses de tétons se calment et s'arrêtent complètement. Tark continue de lécher mon clitoris mais doucement, pour que je me calme.

« C'est tout ce que ton corps est en mesure de m'offrir, *gara* ?

—Oui. » Je n'arrive pas à respirer, ni à penser. J'ai la tête ailleurs, mon corps ne m'appartient plus, c'est le sien.

« Oui, qui ? » Il mordille doucement mon clitoris, je gémis, mon corps n'est qu'un amas de terminaisons nerveuses qui se contorsionne.

« Maître. Oui, maître. »

Il est maître de mon corps et de mon cœur, je le crains. J'ai confiance en lui. Je me sens en sécurité et aimée, protégée et adorée. Avec lui, je ne réprime pas mes désirs ou mes instincts, je me laisse aller dans ses bras. Si je tombe, il me rattrape.

« Qui te procure du plaisir, Eva ? »

C'est une question piège ? Il retire le gode à moitié et l'enfonce à nouveau. Mes hanches se plaquent contre sa bouche de leur plein gré. Mon corps est un instrument parfaitement accordé, il en joue.

« Toi, maître.

—Oui. »

Il sourit, et enclenche à nouveau les vibrations.

« Je te dirai stop. »

Tark agite le gode et s'attaque à mon clito, il me suce et me branle avec le gode jusqu'à ce que je m'arcboute sur le lit tel un arc, incapable de résister à la domination sensuelle qu'il exerce sur mon corps, il me force à jouir. Incapable de crier, je gémis lorsque l'orgasme déferle tel un ouragan.

Avant que je puisse reprendre mon souffle, il retire le gode de mon corps et le met de côté. Tark s'agenouille entre mes cuisses ouvertes. Il prend mes mains, les relève au-dessus de ma tête et les attache avec une épaisse lanière en cuir. Je tire dessus mais je sais qu'il ne va pas me libérer. Il dispose de moi comme il l'entend. Ma chatte se referme sur du vide, la douleur provoquée par l'excitation fait se contracter les lèvres de ma chatte, elles palpitent au rythme de mon cœur. J'ai besoin de le sentir en moi. Lui appartenir. Je veux son plaisir, je le veux lui. Je veux lui donner ce qu'il souhaite.

« Je vais te baiser. »

Je hoche la tête, des larmes silencieuses coulent. L'intensité de sa possession, le contrôle qu'il exerce sur mon corps, mon orgasme, tout ça me bouleverse, je ne peux retenir mes larmes. Ces larmes c'est moi, mon âme, cette charge émotionnelle qui se déverse, bien à l'abri dans ses bras.

Je lui appartiens corps et âme, je ne peux rien lui refuser. Le gode était un truc de fou mais ce n'est pas la bite de Tark, j'ai hâte de sentir son membre durci me pénétrer de tout son long. J'ai besoin de ce lien. J'ai envie de le voir se concentrer, ivre du plaisir que mon corps lui procure. J'ai besoin de savoir qu'il m'appartient.

Il s'installe et me pénètre d'un coup d'un seul. Il baisse la tête entre ses bras, il me pénètre à fond. Il me cloue au lit, j'ai les mains attachées au-dessus de la tête, mes hanches sont clouées au lit. Je ne peux pas bouger. Je ne peux rien faire, hormis le laisser me baiser.

Il se raidit et murmure, « *Gara.* »

Il baisse la tête et m'embrasse tout en bougeant. Il me baise et m'embrasse. Il est incroyablement doux et … c'est différent. C'est la preuve que nous appartenons l'un à l'autre. Il m'a donné du plaisir, c'est indéniable, mais je sais—je le *sens*—que je suis bien plus qu'une simple femme qu'il baise et qui portera son enfant. Il a changé, durant ce temps ridiculement court de ma présence sur Trion. Sa dureté, sa frustration et son pouvoir, se sont adoucis. J'ai ce pouvoir sur lui.

J'apaise ses inquiétudes, allège le fardeau qui pèse sur ses épaules de Haut Conseiller. En ce moment, il arrive à se perdre en moi, à la recherche du plaisir et du bien-être. Non pas en tant que Haut Conseiller, leader de son peuple, ni en tant qu'homme puissant perçu tel un guide.

Avec moi, Tark est tout simplement lui-même. Ses mouvements se muent en un doux va-et-vient, le frottement agréable de son sexe me mène aux portes du plaisir, mon désir s'enflamme à nouveau. Rapidement, son rythme accélère, il cherche quelque chose. J'ai compris.

« Tark. Lâche-toi. »

Je l'appelle par son prénom à dessein, il n'a pas à se soucier de moi ni à me protéger. Il doit simplement succomber au plaisir et au soulagement que mon corps lui procure.

Il relève la tête et me regarde. La sueur dégouline sur ma poitrine.

« Je ne peux pas me lâcher. Jamais. »

Il fait courir ses mains le long des mes bras et serre mes poignets. «

Je ne veux pas te faire mal, » ses hanches s'agitent.

Je relève mes jambes et serre mes genoux contre lui afin qu'il me pénètre encore plus profondément.

Je secoue la tête.

« Mais non. C'est *impossible.* »

Est-ce à cause du son de ma voix, mon visage ou la façon dont ma chatte se contracte autour de sa verge mais le masque tombe. Son visage se contracte, ses mâchoires se serrent, ses yeux se ferment. L'arrière de mes genoux se niche au creux de ses coudes, il se met en position et me pénètre. Je crie, il me pénètre trop profondément mais il ne s'arrête pas.

« Oui, » je crie, pour qu'il comprenne que j'en ai envie.

Oui. Je le veux en entier. Si on est bien assortis, alors je peux. Je peux tout supporter, j'ai *besoin* de l'accepter, entièrement. J'ai besoin de lui plaire, de le rendre heureux, de me soumettre à son désir. Mon corps accompagne ses va-et-vient ; il referme son étreinte sur mes jambes et ma hanche, ma réponse débridée le pousse au paroxysme. Le bruit de notre étreinte résonne dans la tente —violent, sensuel, humide.

« Je veux un bébé, Tark. Ton bébé. Donne-le-moi, » je halète.

Pour de vrai. Je veux lui donner ce bébé tant désiré, celui dont j'ai toujours rêvé. Je craignais de n'être qu'une mère porteuse, que le seul objectif de Tark soit d'avoir une partenaire fertile capable de lui donner un héritier.

Mais ce n'est pas ça du tout. On ne baise pas pour une quelconque cérémonie. Personne ne nous regarde ni n'enregistre nos ébats pour le programme du centre de recrutement des épouses. Nous sommes un homme et une femme qui ont besoin l'un de l'autre et se prouvent leurs désirs, et leur raison d'être. Je suis puissante. Tark peut se muer en animal en rut, impatient de jouir, incapable de penser à autre chose que me pénétrer.

« Je t'en prie, Tark.

–Tu en as envie, *gara* ? rugit-il.

–Oui !

–Moi ? Moi seul ? Tu veux bien être ma partenaire ? »

Il me dévisage. Mes mamelons frottent contre sa poitrine, je suis cambrée, les mains au-dessus de ma tête.

Je n'ai quasiment rien vu de Trion. Je sais seulement que l'Avant-poste Neuf est spartiate et en plein désert. Trion ressemble à ça ? Les gens sont tous comme Bertok ou Mara ? J'ai hâte de le découvrir, avec Tark à mes côtés.

Qu'est-ce que la Terre me propose ? Aucun partenaire. Pas de Tark. La décision est simple.

« Oui. »

Tark se rapproche et frotte son pouce sur mon clitoris, une fois, deux fois, et je jouis.

Je me cambre encore plus et je hurle, Tark se raidit, il me pénètre de tout son long et hurle son plaisir. Son sperme épais me remplit, ça déborde. Mon corps se contracte avec avidité et trait goulument le sexe de Tark.

« Oui.

–Oui, putain » répond Tark en essayant de reprendre son souffle. Il appuie le haut de son corps sur le côté, afin de ne pas m'écraser de tout son poids, mais il garde son sexe profondément enfoncé en moi. Les endorphines sécrétées par la baise me rendent euphorique et comblée. Avec Tark sur moi, je me sens en sécurité, aimée et bien baisée. Il délie mes poignets, caresse ma joue, essuie les larmes qui coulent en silence.

« Je sais, *gara*. Je sais. Tu es en sécurité avec moi. »

Je me blottis contre lui, on a baisé comme des sauvages, le voici devenu un gentil géant qui me protège de cette tempête émotionnelle. Je ne peux rien retenir, mon désir, mon plaisir, les pensées les plus sombres et les plus enfouies de mon cœur et de mon âme. Dans ses bras, je ne lutte pas contre mes émotions, c'est inutile. Le masque que la société m'a forcée à porter est tombé. Il m'a mise à nue, ses bras me protègent.

« Promets-le moi, Tark. Ne me quitte jamais.

–*Gara*, c'est toi qui dois partir. Je vais contacter notre intermédiaire qui s'occupe du programme pour voir si je peux t'accompagner sur Terre et te ramener. »

Je me raidis.

« Vraiment ? Tu ferais ça ?

–Je ferai mon possible pour qu'il ne t'arrive rien. Tu m'appartiens. Je comprends, ce que tu dois faire est juste et honorable. Tu dois aller témoigner, mais je ne te permettrai pas d'affronter un tueur toute seule. »

Je me blottis contre sa poitrine et soupire. J'ai de la chance. Tark est vraiment l'homme de ma vie. Il est parfait.

Un ronronnement se fait entendre, je remue la tête pour m'éclaircir les idées et j'entends cette voix étrange dans la pièce silencieuse.

« *Le protocole de transport d'Eve Daily est activé.* »

Le nodule de transport murmure à mon oreille, j'entends clairement la voix dans ma tête. Tark aussi ?

Tark se retire et me met à genoux.

« C'était quoi ? »

La douceur et le plaisir de la baise s'évanouissent. Son sperme coule le long de mes cuisses tandis que je m'agenouille sur le lit.

« Je... C'était le nodule de transport, je retourne sur Terre. »

Mon cœur se met à battre la chamade et Tark agrippe mes bras.

« Maintenant ? Impossible. On a dit que tu restais. »

Il s'agite, il ne maîtrise rien, il ne peut rien faire, quoiqu'il fasse ou dise.

« Je veux rester avec toi, » dis-je, en l'enlaçant et me collant contre lui.

« On va retirer le transporteur de ton corps. »

Je remue la tête contre sa poitrine, ses poils ébouriffés et doux me chatouillent la joue.

« Je dois mettre cet homme hors d'état de nuire. Question d'honneur.

–Je connais le sens de l'honneur, *gara*, mais c'est dangereux. Tu ne dois pas affronter ce tueur seule. On va contacter les autorités sur Terre et leur demander que je t'accompagne.

–On n'a pas le temps. Ça ira. Je serai protégée par la police et les procureurs. Ils m'offriront leur protection, » répliquais-je.

Il me détache de lui et me regarde.

« Ils ne sont pas fichus d'assurer ta sécurité. D'où la raison de ta présence ici, avec moi.

–*Trente secondes avant le transport.*

–Tark, j'y vais. Je suis désolée, » le suppliais-je.

J'aimerais qu'il comprenne. J'ai des choses à régler dans mon monde.

« Tu n'as rien fait de mal, » soupire-t-il, il me tient avec une certaine férocité.

« Sache-le, Eva. Personne ne compte dans la galaxie, hormis toi. Tu le sais. »

Je hoche la tête, les larmes coulent le long de mes

joues.

« *Cinq.*

—Tu vas me manquer.

—*Quatre.*

—Eva ! Il écarquille les yeux.

—*Trois.*

—Personne ne m'attend sur Terre, je lui en fais le serment, je me lève pour l'embrasser.

—*Deux.* »

Il recule, son souffle se mêle au mien. Il pose sa main sur ma nuque et m'approche de lui.

« Tu es ma partenaire, mon cœur.

—*Un.*

Maître, » je ne peux plus le toucher, sentir son odeur épicée ou le voir.

9

Je ne me réveille pas comme lors du premier transport. Plutôt comme si j'avais fait un cauchemar et me réveillais en sursaut.

« C'est bon elle est réveillée. »

Ce n'est pas Tark.

Je cligne des yeux et regarde autour de moi.

Je me trouve dans une petite pièce comportant un bureau en bois et des chaises. Deux hommes assis face à moi me dévisagent.

Robert, je le reconnais, je ne suis pas vraiment ravie de le voir.

Le procureur porte son sempiternel costume froissé et me dévisage attentivement, comme si m'étais déformée pendant le transport, qu'il me manquait un membre ou que j'étais à poil.

J'ai le souffle coupé, je me regarde.

Je ne peux m'empêcher de soupirer de soulagement, je porte un chemisier blanc uni et une jupe. Et des talons dont j'ignore la couleur puisque mes pieds sont sous la table. Je passe ma main dans mes cheveux, ils sont coiffés et attachés.

« Tout va bien ? » demande Robert.

Je le regarde, ainsi que l'homme qui se trouve à côté de lui.

« Désolé Eva, je vous présente l'Agent Spécial Davidson du FBI. Il s'est occupé de votre transport. »

Je hoche la tête.

« Robert, je … ça ne fait pas encore trois mois. Que se passe-t-il ? »

J'ai été envoyée sur Trion il y a trois jours à peine ; le procès ne peut déjà avoir lieu.

Les deux hommes froncent les sourcils.

« De quoi parlez-vous ? Eva, ça fait quatre mois.

–Vous êtes certaine d'aller bien madame ? »

Je suis perplexe, mon esprit se brouille. J'ai passé un, deux, trois, oui, trois jours sur Trion. Comment quatre mois ont-ils pu s'écouler ?

« Je pense … je pense que le temps s'écoule différemment sur Trion.

–Vous étiez sur Trion ? » Robert écarquille les yeux, curieux comme un gamin.

Je hoche la tête.

« C'était comment ? Leur programme de compatibilité fonctionne vraiment ? »

Je pense à Tark, il y a un moment à peine—du moins pour moi—j'étais dans ses bras. Je m'étreins comme si je pouvais le sentir. Ce n'est pas comparable. Je sens la climatisation des bâtiments sur Terre. Sur Trion, l'air est chaud mais pas exactement. Il est... doux.

Je presse mes bras contre mes mamelons, les anneaux et les pierres précieuses de Tark y sont toujours !

« Vous êtes sûre que ça va ? » demande l'agent du FBI.

« J'arrive à peine de Trion, laissez-moi une minute pour récupérer. Je présume être la seule personne à rentrer de ce programme censé être un aller simple.

–Effectivement, confirme l'homme. Nous avons programmé le transport afin que vous arriviez directement au palais de justice—comme vous pouvez le voir—et habillée en conséquence pour l'audition. »

Ça explique les anneaux et les pierres précieuses. Cet homme ne connait pas les coutumes de Trion, ce que Tark m'a fait, il ne sait pas qu'il fallait les enlever lors du transport retour. Il a pensé que je devais porter une tenue décente pour le procès, point final.

Je suis soulagée concernant les anneaux de tétons, les pierres précieuses, tout ce qui me rappelle Tark. Je me trouve à l'autre bout de la galaxie, loin de lui, et je ne peux rien faire.

« Je vais bien. J'aimerais bien un verre d'eau, vous me direz ce que je dois dire. Après quoi j'aimerais rentrer chez moi. »

J'ai envie de pleurer mais je ravale mes larmes. Je ne peux pas pleurer devant ces hommes. Je ne peux pas leur avouer que je suis amoureuse de mon partenaire, que je veux rester sur Trion. Peu importe. Je vais faire mon devoir, envoyer ce type derrière les barreaux, reprendre mon travail et continuer ma petite vie.

Quelques semaines plus tard, le procès est terminé. L'homme a été inculpé et emprisonné. Sa sentence sera prononcée dans les prochains mois, j'ai fait mon travail. Je ne suis plus Evelyn Day, mes données personnelles ne font plus état d'une quelconque inculpation et de ma punition au sein du programme des épouses. Comme je le soupçonnais, au lieu de reprendre ma vie d'avant—on m'avait dit ce qui allait se produire avant de partir pour Trion—je bénéficie de la protection des témoins. La menace qui pèse sur ma vie ne s'est pas envolée à la fin du procès. L'homme a mis ma tête à prix et je ne suis pas en sécurité.

L'agent du FBI m'a envoyée dans une petite ville de l'Iowa sous une nouvelle identité, je ne peux exercer la médecine. Je suis documentaliste scolaire. Tark me manque énormément, jour et nuit. Le soir je me couche —dans une nouvelle maison étrange—et je joue avec les pierres précieuses de mes anneaux de tétons. Quoique je fasse, je n'arrive pas à les faire vibrer. Je refuse de les enlever, ils font partie de moi. Si je mets des soutien-gorge rembourrés et fais attention aux vêtements que je porte, personne ne s'en apercevra. Je n'ai pas l'intention d'en parler, que pourrais-je dire de toute façon ?

Ils sont à moi. À moi et Tark, c'est ma vie privée. Ma chatte est toujours glabre. Je pensais avoir été rasée mais après quelques jours passés sur Trion et mon retour sur Terre, mes poils pubiens n'ont pas repoussé. Je me masturbe comme si j'avais les stim-sphères, j'ai beau titiller mon clitoris, impossible de jouir. J'ai besoin de Tark.

Tous les hommes sur Terre ont l'air si petits et faibles en comparaison. Tark est ma référence de l'homme *parfait*, je n'ai jamais connu ou rencontré d'homme qui lui ressemble.

Je n'ai pas d'amis dans ma nouvelle vie. Je n'ai pas de famille, j'ai perdu mes parents quand j'étais enfant. Je suis seule et triste, il me manque quelque chose. Je suis la même personne qu'avant mon témoignage pour le meurtre, mais le fait de revenir—sur ma planète—me fait voir à quoi ressemble ma vie. Cette existence grise et stérile est aux antipodes de mes attentes. Avant de rencontrer Tark, mon travail était toute ma vie. Quand j'ai quitté la Terre, je n'avais pas de vrais amis ou de famille.

Je veux Tark. J'ai tellement envie de lui que je pourrais quitter la Terre pour lui. Je me masturbe, je fais des cercles autour de mon clitoris, comme si c'était mon partenaire, sa bouche et sa main. Effectivement, mon plaisir lui appartient, je suis excitée, je pleure de désespoir. Je pleure sans pouvoir m'arrêter.

Je dois agir. Je dois rejoindre Tark, je sais qui contacter.

« Entrez. »

Le rabat de la tente s'ouvre, Mara et Davish sont escortés sous ma tente. Mara a repris des couleurs, ses cheveux détachés tombent dans son dos. Sa nuisette n'est plus tachée de sang, elle porte une robe toute simple qui cache son corps. C'est inutile. Rien ne m'attire en elle. Elle est plutôt séduisante. C'est la partenaire de Davish. Sa minceur, ses petits seins, sa froideur ne me plaisent pas. C'est Eva que je veux.

Elle m'a littéralement filé entre les doigts hier, elle a dû rentrer sur Terre. Je me sens vide et d'humeur maussade, on m'a arraché une partie de moi-même en l'envoyant à l'autre bout de cet immense espace qui nous sépare.

« Haut Conseiller, nous venons présenter nos plus profonds remerciements à ta partenaire. »

Davish la cherche. S'il était allé chercher Mara au harem, il aurait su qu'Eva n'était pas là.

« Vous allez-bien tous les deux ?

—Oui, Haut Conseiller, murmure Mara, Davish confirme.

—Bien. J'apprécie votre visite mais ma partenaire est absente. »

Ils froncent les sourcils, perplexes.

« Elle est repartie sur Terre. »

Mara est choquée.

« À cause de moi ? Je … je me suis mal comportée avec elle. »

Elle semble embarrassée, gênée même.

« Je l'ai énervée, ça vous a vexé. Vous l'avez répudiée par ma faute."

Elle s'agenouille et baisse la tête.

Je regarde Davish, sa mâchoire se contracte en apprenant la nouvelle, il est vraisemblablement surpris. Je suis mécontent d'apprendre que Mara s'est montrée blessante à l'égard d'Eva, je suis mal placé pour la punir.

« Lève-toi. »

Elle s'exécute mais garde la tête basse.

« L'idée ne vient pas de moi. Au contraire. Elle a témoigné pour envoyer un homme en prison.

—Ce n'est pas une meurtrière ? » demande Davish.

Je secoue la tête.

Une lueur d'admiration brille dans ses yeux.

« Ta partenaire est une femme d'honneur. Son attitude d'hier en est la preuve. Quitter son partenaire pour accomplir son devoir en est une autre. Je vais en parler au Conseil. »

Mara se tord les mains.

« Elle m'a sauvé la vie et je lui en serai éternellement reconnaissante. »

Le couple sort sans faire de commentaire, la tente est à nouveau vide. Je regarde le petit autel rituel dans l'angle, le lit et les couvertures qui sentent encore son odeur. Je cache ma tête dans mes mains et me remémore la conversation d'il y a quelques heures. J'ai réussi à contacter la personne s'occupant du Programme des Epouses Interstellaires de Trion, on m'a froidement informé que si ma partenaire a choisi de partir, ils n'y peuvent rien. Si je n'ai pas réussi à l'attirer ni à la séduire, c'est mon problème. Mon nom figurera en bas de la liste des hommes disponibles sur Trion, comme si j'étais incapable de satisfaire une femelle.

J'aimerais traverser l'écran de communication et étrangler cet officier femelle à mains nues. Elle insinue que je ne suis pas à la hauteur. Qu'Eva m'a quitté parce que je n'arrivais pas à la combler.

Cette salope a peut-être raison. Eva est partie. Si j'avais été un meilleur partenaire, j'aurais questionné

Eva au préalable, j'aurais eu le temps d'empêcher le transport de me l'arracher. Si j'avais écouté mon instinct, j'aurais su qu'elle n'était pas une meurtrière, j'aurais pu la forcer à dire la vérité et prendre des dispositions pour l'empêcher d'effectuer ce voyage sur Terre et la garder auprès de moi.

J'ai échoué en tant que partenaire, mais son bref passage dans ma vie me hante. Son souvenir me hante, où que j'aille, mais elle est partie. Pour toujours.

Je fracasse un bol plein de fruits contre le mur, je ne me sens pas mieux pour autant.

10

Je me retrouve une fois encore au centre de recrutement, mais cette fois-ci, je ne porte pas d'uniforme de prisonnière et je ne suis pas attachée. La gardienne Egara se tient près du fauteuil et regarde l'agent du FBI assis sur une chaise en plastique à l'angle de la pièce. Elle porte une tenue bleue et un insigne rouge sur sa poitrine, presque aussi rouge que ses joues. La gardienne Egara est visiblement furieuse contre l'Agent Davidson.

« Le scan de son ADN est correct ? »

Elle lève ses sourcils et jette un regard noir à l'agent du FBI.

« L'échantillon ADN de cette femme est déjà dans notre base de données. Elle n'est plus censée être sur Terre. D'après nos informations, elle est en ce momentmême sur Trion, avec son partenaire. Elle ne s'appelle pas Eva Daily, mais Evelyn Day.

–Oui, son ADN est correct. Son vrai nom est Eva Daily. »

Il fait semblant d'être contrit.

« Comment cette femme a-t-elle pu revenir sur Terre sans la permission du Programme des Epouses Interstellaires ? »

Elle croise les bras, je jurerais qu'elle a grandi de cinq centimètres tandis qu'elle toise l'homme assis. L'Agent Davidson ne répond pas, elle pose ses mains sur ses hanches.

« Êtes-vous conscient, Agent Davidson, qu'en tant que représentant officiel de la coalition interstellaire et chef du centre de recrutement du Programme des Epouses Interstellaires, me décevoir pourrait m'amener à porter plainte contre vous auprès du conseil interstellaire ? La fraude et l'imposture sont des crimes, quel que soit l'endroit où l'on se trouve, agent. »

La gardienne Egara est sur le point de lui prendre son arme de poing et le buter sur le champ. Je bondis de la table et m'interpose entre eux.

« Je vous en prie, Gardienne. Le processus de recrutement était parfait. Je suis désolée de vous avoir menti. Je veux rentrer chez moi. »

J'espère que mon désir et ma sincérité sauront la convaincre de m'aider. Cette femme étrange et formidable tient littéralement mon avenir entre ses mains. Elle est la seule à pouvoir me ramener vers l'homme que j'aime.

« S'il vous plait. Aidez-moi. Je veux le rejoindre.

–Vous êtes bien consciente que *cette fois-ci*, Mademoiselle Day, ou Daily, ou quelle que soit votre identité cette semaine, la gardienne Egara adresse un regard glacial à l'agent du FBI, vous ne pourrez plus revenir sur Terre.

–Oui. Je sais. Je ne veux pas rester ici. Je veux retourner sur Trion, avec mon partenaire. »

La gardienne Egara s'adoucit un peu, j'imagine sa beauté si tant est qu'elle souriait.

« Le processus de recrutement est vraiment miraculeux Eva. J'en ai été témoin maintes fois. Voilà pourquoi je protège férocement mes épouses. Les guerriers qui nous protègent, qui veillent sur nos vies dans les mondes de la coalition méritent d'être aimés. Ils méritent le bonheur. Qu'on se foute de la gueule de mes guerriers ne m'amuse *pas du tout*. »

Cette phrase s'adresse à l'Agent Davidson, il a le bon goût de rougir.

« Je suis vraiment désolé. Je vous l'ai déjà dit, je vous jure de ne plus utiliser votre programme pour cacher une épouse. Vous avez ma parole. »

L'agent du FBI tend sa main pour prouver sa bonne foi. J'ai contacté l'Agent Davidson il y a deux semaines et lui ai fait part de mon souhait de rentrer sur Trion.

Au début, il ne comprenait pas pourquoi. Je ne suis pas une prisonnière et j'ai fait plus en tant que témoin que personne avant moi. Il ne comprend pas le processus de recrutement et ne le comprendra jamais. J'ai essayé à maintes reprises de lui expliquer ce que je ressentais pour Tark, il m'a forcée à attendre deux semaines pleines, *pour réfléchir*, avant d'accéder à ma requête.

Deux longues semaines d'attente. Il va m'aider à retourner sur Trion et vers Tark, je ne tiens plus en place. Cette fois-ci, je sais où je vais. Cette fois-ci je *veux* y aller. Je me fiche de me plier au cérémonial rituel et que Tark me baise devant le Conseil. Un peu tout de même, mais c'est le prix à payer pour revenir dans ses bras et dans sa vie.

« Je vous en prie, gardienne Egara. Renvoyez-moi chez moi. »

Je murmure ces quelques mots, des papillons dans le ventre. Je m'assoie dans le fauteuil et attends avec impatience qu'elle enclenche le processus.

« Inutile de refaire les tests de compatibilité puisqu'on les a déjà faits. Toutefois, le protocole exige que je vous demande si vous souhaitez refuser votre partenaire et être accouplée à un autre guerrier ? »

Je ne peux m'empêcher de sourire.

« Je souhaite le même partenaire, le Haut Conseiller Tark de Trion, sans aucun doute. »

L'Agent Davidson penche la tête et m'examine.

« Vous l'aimez. »

Ce n'est pas une question mais une affirmation.

Je hoche la tête, « Oui. Je dois avouer, gardienne Egara, que votre programme d'accouplement est vraiment excellent. »

La femme est bouffie d'orgueil, elle aimerait me questionner sur ma vie dans l'autre monde mais son travail passe avant tout.

« Ravie de l'entendre. »

Elle regarde son écran et le fait défiler à plusieurs reprises.

« Vous êtes prête à être transportée sur Trion et accouplée de façon définitive au Haut Conseiller Tark. Aucun changement ne sera toléré. »

Je souris et agrippe les accoudoirs. Une impatience jamais éprouvée jusqu'alors coule dans mes veines. *Allez, appuie sur ce foutu bouton.*

« Non. Aucun changement.

–Au revoir, Eva. »

L'Agent Davidson m'adresse un signe de tête rassurant. La gardienne Egara pousse le fauteuil vers le mur, cette fois-ci, je suis pressée de voir apparaître la petite alcôve dans le mur. J'apprécie la piqûre dans mon cou et les petites lumières bleues indiquant mon retour sur Trion. Je croise le regard de la gardienne Egara.

« Merci. »

Elle sourit.

« Le transport débutera dans trois, deux, un. »

« La réunion du Conseil est terminée. Rendez-vous dans un an. Entre temps, voyagez et vivez en paix dans vos contrées. »

Nous nous levons. Bien que nous ayons passé une semaine ensemble à travailler sur l'ordre du jour, les conseillers continuent de papoter. J'ai hâte de foutre le camp de ce *fichu* Avant-poste Neuf. Tout me rappelle Eva. Je la vois partout. En apprenant qu'elle n'est pas une meurtrière mais bien un docteur, tout le monde m'arrête pour me demander de ses nouvelles. Je contrains Goran à les informer du retour d'Eva sur Terre afin d'éviter d'avoir à le répéter en boucle.

Une information émane des réseaux de communication des gardes. Tout le monde se fige, redoutant le danger.

« Un transport, Haut Conseiller. » Le garde en chef s'approche et regarde son unité.

« Imprévu.

– Origine ? »

Les gardes peuvent se défendre contre des attaquants de Trion, mais défendre un avant-poste contre des attaques de transport venant d'autres mondes est bien plus difficile.

« Terre. »

L'homme me regarde, je lis dans ses pensées.

« Eva, » murmurais-je. C'est forcément elle.

—Aucun accouplement signalé en provenance de cette planète. Vous avez probablement raison. »

« Dans combien de temps ? »

Je me précipite vers le module de transport de l'avant-poste. Il est fermé.

« Trente secondes. »

Le garde me court après, les autres font de même.

Je réfléchis à toute allure.

« Préparez vos armes. Si c'est ma partenaire, ne tirez pas. »

Le garde hoche la tête et je regarde les autres.

« Reculez, grondais-je. Personne ne bouge tant qu'on n'aura pas validé le transport. »

L'espoir me broie le cœur tandis que je m'arrête dans la tente et contemple l'endroit vide devant moi. Doucement, un corps se matérialise, c'est bien Eva. Allongée dans le module de transport plongé dans le noir, elle semble endormie, ... *putain*, c'est la plus belle chose que j'aie jamais vue.

Les deux gardes entrés derrière moi baissent leurs armes. Je m'agenouille auprès d'elle et la prends dans mes bras. Elle ne porte que sa nuisette. Je la serre contre moi et sens les anneaux de mamelons et les pierres précieuses que je lui ai posés avant son retour sur Terre.

Sa peau douce, son odeur, ses cheveux soyeux,

putain, je n'arrive pas à croire qu'elle soit dans mes bras. Je pensais ne jamais la revoir et … comment a-t-elle fait pour revenir ?

Je l'amène dans la tente principale, j'ai hâte de partager la bonne nouvelle. Je ne sais pas à quoi m'attendre de l'assistance, je m'attends à lire du dédain et de l'hostilité sur les visages des conseillers mais ils paraissent tous heureux et étonnés de la voir.

J'enlève les cheveux de son visage, je lui parle, je murmure à son oreille, j'attends qu'elle se réveille. Ça a pris des heures la dernière fois, j'imagine—

« Tark ? » murmure-t-elle, en s'agitant dans mes bras.

« Chhhut, *gara*, je suis là. »

Elle ouvre les yeux en entendant ma voix et me regarde, elle se raidit.

« Tark ! » répète-t-elle en m'enlaçant étroitement.

J'entends des murmures s'élever, je ne songe qu'à ma partenaire.

« Tu es revenue, » murmurais-je à son oreille.

Elle hoche la tête contre ma poitrine.

« Puis-je vérifier qu'elle va bien, Haut Conseiller ? » demande le docteur Rahm, en se tenant à une distance respectable.

« *Gara*, tu permets au docteur de s'assurer de ton état après le transport ? »

Elle se fige.

« Pas de sonde.

–Non. Pas de sondes. Je m'occupe de tout. Vous venez de traverser la galaxie à deux reprises.

–D'accord. »

Je lui donne mon accord et le docteur Rahm passe un capteur sur son corps. Il ne la touche pas, ne la regarde même pas, uniquement concentré sur l'affichage de l'appareil médical. Il écarquille les yeux, fait un autre passage et me regarde. Je lis ce qui est inscrit, mon cœur bondit. La fierté m'envahit.

« *Gara*, grondais-je.

–Hmm, murmure-t-elle.

Tu … tu es — Je n'arrive pas à parler.

–Oui. »

J'apprends la grossesse de ma partenaire ; je n'ai pas envie de partager ce moment avec tout le monde. Je dois tout d'abord m'occuper d'une salle comble de conseillers, je m'occuperai d'elle plus tard. Les réunions sont terminées. Nous quitterons l'Avant-poste Neuf dès qu'elle sera en mesure de travailler. Elle est enceinte, il est primordial qu'elle soit en sécurité au palais.

« Je me sens bien, Tark. Laisse-moi me lever s'il te plaît. »

Je la pose doucement et place une main protectrice autour de sa taille. Elle pose sa tête contre moi et je me force à détourner le regard de l'assemblée regroupée dans la tente.

« Dame consort, » dit le conseiller Roark, en

mettant un genou à terre.

C'est la position traditionnelle de respect et d'honneur de celui prêtant allégeance. Tous les membres du Conseil ont fait allégeance à la mort de mon père et pendant mon investiture.

« Dame consort, » répètent les autres membres, en s'agenouillant devant elle.

Eva les regarde, et lève les yeux sur moi.

« Ils te présentent leurs respects.

—Mais—

—Nous nous réjouissons de votre retour, Dame consort. »

Il y a de l'agitation à l'entrée, tout le monde tourne la tête. Davish et Mara entrent. La femme se précipite à ses pieds.

« Je suis désolée, Eva—

—Dame consort, » précise Roark.

Mara se lèche les lèvres d'un air contrit.

« Dame consort, je vous présente mes excuses pour la façon dont je vous ai traitée. Je vous dois la vie. »

Mara semble prise de remords, mais je la sais fourbe.

« J'aurais fait pareil pour n'importe qui d'autre sur Trion ou sur Terre. J'espère que ton amitié n'est pas liée au fait que je t'ai sauvé la vie. Je ne veux pas d'une amitié factice. Je ne connais pas beaucoup de femmes ici sur Trion, j'ai besoin d'amis en qui je puisse avoir confiance. »

Mara semble surprise, mais je comprends. Eva a besoin d'eux, de personnes qui seront là pour elle, qui savent qui elle est vraiment. Elle ne veut pas que Mara s'agenouille en signe de gratitude ou parce qu'elle se sent redevable. Mara esquisse un sourire, pour une fois dénué de malice.

« Oui, ma Dame, avec plaisir.

–Appelle-moi Eva.

–Ça suffit, dis-je. Je présume, conseiller Bertok, que vous ferez l'impasse sur la cérémonie de baise ? »

Eva porte mon enfant, ce vieux bâtard vicieux prendra son plaisir ailleurs.

Le vieil homme regarde à terre.

« Non, Haut Conseiller. Elle est évidemment notre Dame consort. »

Je hoche la tête.

« Bien. Le docteur Rahm l'a examinée après le transport, ma partenaire et moi-même vous saluons. Bon retour. »

Certains murmurent des réponses, je prends Eva dans mes bras et traverse le groupe en m'échappant presque de ma tente. Eva est revenue, mon enfant dans son ventre, je la veux rien qu'à moi. Pour toujours.

« Comment as-tu fait pour revenir ? » demande Tark après m'avoir posée sur le lit.

Son Partenaire Particulier

Je prends sa main au moment où il recule. Je n'ai pas envie qu'il s'éloigne. Je veux sentir son odeur. Je veux… tout de lui.

J'ai passé des semaines à me languir de lui pendant que l'Agent Davidson organisait mon transport. Tark s'assoit près de moi et je lui raconte mon séjour sur Terre.

Je frissonne en lui parlant du procès et ce que j'ai ressenti face à un tueur. Je lui dis combien il m'a manqué, qu'ils ont essayé de me fabriquer une vie factice avec le programme de protection des témoins. Je lui décris en détails mon appartement vide et solitaire. Je lui parle de la gardienne Egara et de son incalculable liste de questions tandis que nous attendions que les résultats ADN confirment mon histoire.

Je lui ai répondu en toute franchise, notamment au sujet de mon accouplement avec Tark. Je voulais que tout le monde sache que le programme d'accouplement des épouses est une réelle réussite. J'ai même enregistré une publicité pour le programme avant mon départ. La gardienne Egara a du mal à trouver des épouses provenant de Terre, des volontaires notamment, pas des criminelles. Elle est persuadée que les guerriers qui protègent la Terre méritent d'être heureux et d'avoir des partenaires dignes d'eux.

Je contemple mon partenaire, je suis très heureuse de ce que j'ai dit lors de l'enregistrement et j'espère qu'une Terrienne aura la chance de rencontrer l'amour dans un autre monde.

« Tu savais que tu étais enceinte quand tu es … partie ? »

Il regarde mon corps comme si c'était un objet fragile en verre, il craint de m'avoir blessée, ou le bébé.

« Non. Je l'ai su au moment du transport. »

Je marque une pause.

Il penche la tête et s'agenouille devant moi.

« La première fois, j'ai laissé le programme d'accouplement décider. Cette fois-ci, je t'ai choisi, toi le Haut Conseiller Tark de Trion, comme partenaire. Pas de période d'essai. Pas de test. Tu ne te débarrasseras pas de moi. Cette fois-ci, c'est moi qui te possède Tark. Tu m'appartiens pour toujours.

–Oh, Eva, » il rugit et m'attire contre lui pour m'embrasser. Un baiser sauvage, torride, amoureux, j'en avais tellement envie.

« Tu m'as manqué, murmure-t-il contre ma bouche. *Putain*, j'ai cru qu'on m'arrachait le cœur quand tu es partie.

–Le temps s'écoule différemment sur Terre. Je ne suis restée ici que quelques jours, mais quatre mois s'étaient écoulés sur Terre. Tark, nous avons été séparés pendant des semaines.

–C'était hier. C'est beaucoup trop long.

–Une torture.

–Oh, *gara*. Tu es ici maintenant, je jure ne plus

jamais te laisser partir.

–Concernant la première cérémonie d'accouplement, » dis-je en me mordant les lèvres.

Il arque un sourcil et sourit.

« Oui ?

–Je suis partie et revenue, on peut la faire.

–Tu veux que j'appelle Goran pour en témoigner ? Le Conseil ? »

Je hoche la tête et me lève, retire ma nuisette par-dessus ma tête.

Tark émet un grondement sourd. Au lieu de me sauter dessus comme je m'y attendais—j'ai envie de lui sauter dessus—il frotte la pierre précieuse de mon mamelon gauche.

« Tes seins ont grossi. J'aurais dû m'apercevoir de ta grossesse en regardant ton corps. »

Que cet homme connaisse aussi bien mes seins ne fait que renforcer notre accouplement. Lorsqu'il prend mes seins en coupe et effleure mes tétons sensibles, j'oublie tout.

« Ça ne marchait pas, » dis-je, boudeuse.

Il fronce les sourcils, j'ajoute, « La vibration. »

« Tu veux dire ça ? »

Il agite sa main devant mes seins et les pierres précieuses se mettent à vibrer.

« Oh, oui, » criais-je en pressant mes seins dans ses mains.

Il s'agenouille sur le lit, me force à m'allonger et

s'allonge sur moi. Il m'embrasse longuement et avidement.

« J'ai envie de te baiser. »

Il appuie son sexe contre le mien.

« Et le bébé ?

–Baiser ferait du mal au bébé ? »

Il semble si peu sûr de lui, si vulnérable. Il règne sur la chambre mais à cet instant précis, c'est le bébé qui commande. Il peut être dominateur et autoritaire, m'attacher et me frapper, mais il ne me fera jamais de mal.

Je sens son désir, je le vois dans ses yeux, je l'entends dans sa voix, je le sens dans ses baisers, mais il veut bien se sacrifier pour son enfant.

« En tant que médecin, je peux t'assurer que le fait de baiser ne fait aucun mal au bébé. »

Je me tourne et Tark me laisse faire. Je me penche vers le petit coffre près du lit. Je sais exactement où il se trouvait le jour de mon départ. Je trouve le gode que je cherche et le regarde par-dessus mon épaule.

« Sinon tu peux te servir de ça. »

Je vais trop loin ? Mon audace le choque ? J'ai traversé la galaxie pour lui. Je ne vais plus me retenir.

« Tu dois me trouver moins inquiète qu'auparavant. »

Il plisse des yeux, regarde mon dos et mes fesses.

« Tu veux que je te sodomise, *gara* ? »

Mes mamelons durcissent incroyablement. Mes

cuisses sont toutes mouillées.

« Peut-être pas tout de suite, mais tu peux me préparer. »

Ses yeux s'assombrissent et sa mâchoire se contracte. Sa bite se plaque contre son pantalon. Il se lève et se déshabille.

« Prends l'huile, » ordonne-t-il.

Fébrile, je me penche vers le coffre et trouve le flacon d'huile d'amande douce. J'en verse un peu sur mes doigts et pose le flacon près du gode sur le lit.

Je frotte mes mains, les chauffe, cette odeur m'obsède, je l'adore, elle me rentre dans le nez. Des amandes. J'enduis mes tétons dressés l'un après l'autre du liquide huileux. Tark m'arrête et me dévisage, il regarde mes doigts.

« J'ai rêvé de cette odeur là-bas. »

Tark m'attrape les hanches et me met sur le dos. Il écarte grand mes cuisses et s'installe au milieu. Il souffle sur ma chatte.

« J'ai rêvé de cette odeur, de ce goût quand tu n'étais pas là. »

Il baisse sa tête, me lèche et me fais jouir. Je ne mets pas longtemps, je meurs d'envie de ressentir un orgasme grâce à Tark et il est plutôt gourmand.

Je me sens molle et transpire, les jambes grandes ouvertes et mes doigts enfoncés dans ses cheveux. Je ne ressens aucune honte. Il se relève et dépose un baiser sur mon ventre encore plat.

Il penche sa tête.

« Tourne-toi Eva. »

J'obéis avec plaisir. Il passe une main autour de ma taille et me fait reculer de manière à ce que mon cul soit surélevé devant lui. Il prend le flacon d'huile, écarte mes fesses, je sens l'huile chaude couler doucement sur mon anus. Il me doigte doucement et attentivement, en me regardant.

« Cette fois-ci je ne m'en vais pas, » dis-je.

Son doigt s'arrête mais il en bouge pas. Je m'agite sous sa main, l'exhortant à continuer. Je touche derrière mon oreille. Je ne sens plus rien dans mon crâne, là où se trouvait le nodule de transport.

« Tu vois Tark, il n'y a plus rien. Parti. Je ne retournerai plus jamais sur Terre. »

L'espace d'un instant, l'anxiété se lit sur son visage mais lorsqu'il m'attire contre lui, son regard est si torride que j'en ai le souffle coupé.

Sa main s'abat sur mes fesses. Je sursaute.

« Tark !

–J'étais en colère ». Il se met à me frapper, une fesse après l'autre. Je m'appuie sur mes avant-bras sans bouger, il donne libre cours à sa colère. J'ai besoin moi aussi qu'il me frappe, cette fessée me permet de me concentrer. Je me languis de sa fessée, j'attends la suite. Une fois terminé, il prend mes fesses à deux mains et frotte ma peau échauffée. Ma chatte dégouline de désir.

Je le regarde par-dessus mon épaule.

« Tu me punis parce que je suis parti maître. Quelle récompense vas-tu me donner pour mon retour ? »

Il plisse les yeux et contracte sa mâchoire. Il montre le gode à anneaux.

« Ça et puis ça. » Il pose le gode sur mon cul, comme il l'a fait avec le gode en forme de U, attrape son sexe et se branle. Un liquide séminal de couleur claire s'échappe de sa verge et glisse le long de son énorme gland. Je me lèche les lèvres, j'ai envie de le goûter. Je n'ai pas eu l'occasion de le faire - pas encore - mais nous avons toute notre vie pour ça.

Il prend le flacon d'huile, le place à l'entrée de mon anus et l'enfonce doucement. L'huile chaude me remplit de plus en plus profondément. Ceci fait, il pose le flacon vide à côté et prend le gode, l'enduit d'huile et l'appuie contre mon anus.

« Relax, *gara*. Gentille fille. »

Il est attentionné mais insistant, mon corps se rebiffe. Je n'ai pas l'habitude qu'on m'enfonce quelque chose là-dedans et je me contracte. Il essaie encore et encore mais c'en est trop.

Je respire difficilement, la tête enfoncée dans les couvertures. Tark arrête d'enfoncer le gode et le pose à côté de moi. Il se retourne.

« Et maintenant ? »

Ce foutu truc vibre. *Tout* vibre sur Trion ... Et j'adore ça.

Je halète, les mouvements procurés par l'objet irradie dans mon corps et mes nerfs.

Ça se mêle à la chaleur douloureuse qui se dégage de mes fesses. Je me détends, Tark glisse le gode jusqu'aux premiers anneaux, qui disparaissent en moi. La sensation est nouvelle et excitante, si excitante que ma chatte mouille de plus en plus. Haletante, je me cambre et regarde Tark.

J'ai envie de lui, j'ai envie qu'il me pénètre. Maintenant.

Il écarte mes cuisses en grand.

« Tu es toute mouillée, *gara*. Ma bite a hâte de te pénétrer. »

Je crie en sentant ses doigts dans ma chatte et l'embout du gode qui vibre dans mon cul. Il continue de me branler, il fait glisser le gode de plus en plus, jusqu'à ce qu'il soit profondément enfoncé.

Tark donne un petit coup pour s'assurer qu'il est bien en place et me remet sur le dos.

« Tark ! » criais-je tandis que la base s'enfonce en moi.

« Je croyais que tes lèvres boudeuses devaient prononcer le mot maître. »

Il écarte mes genoux encore plus avec les siens, s'installe entre mes hanches, sa bite face à mon vagin.

« Tu t'es masturbée quand t'étais sur terre ? » Il se fraye un chemin, m'écartèle.

Je ferme les yeux et rugit.

« Alors ? » répète-t-il, sa voix est aussi brute que du roc.

« Oui ! » criais-je, il me pilonne sauvagement, il me pénètre enfin à fond.

« Je croyais que ton plaisir m'appartenait, *gara*.

–Oui, haletais-je. J'arrivais pas à jouir. J'arrivais pas à jouir sans toi. J'ai pensé à toi. À ça, à ton sexe en moi, j'ai essayé mais ça ne marchait pas. Oh mon Dieu c'est trop bon. »

Je ne me suis jamais sentie aussi comblée. Le mélange du gode et de l'énorme sexe de Tark me faire grimper aux rideaux en moins de deux. Je suis trop en manque.

Je jouis, il me dit que je suis belle, que me voir jouir lui donne envie de jouir. Mon impétueux plaisir assouvi, il me lâche

« Je ne peux plus me retenir. *Putain*, la vibration est trop forte. Tu es trop forte. »

Il se penche, m'embrasse dans le cou, lèche ma transpiration, frotte sa poitrine contre mes seins sensibles.

Ses hanches bougent plus vite et plus frénétiquement. Je vais encore jouir vu sa façon de se frotter contre mon clitoris à chaque coup de bassin.

« Tark, maître … je t'en supplie !

–Encore, Eva. On va jouir ensemble. »

Il agrippe mes fesses, ses mains me font mal contre ma peau à vif. Il me soulève et me pénètre profondément, il atteint une zone qui me fait jouir. Tark rugit tandis que j'enserre et pressure son sexe. Il hurle mais je m'en fiche. Il pèse lourd mais j'adore le sentir. Je me sens en sécurité, protégée et aimée.

Il lève sa main, les vibrations dans mon cul et sur mes mamelons s'arrêtent. J'aimerai savoir comment il fait. Comme par magie. Le lien qui nous unit est magique.

Tark se repose et se retire, son sperme s'écoule. Il plonge le doigt dans son sperme collant en retirant le gode. Je soupire en le sentant sortir, sa présence me manque.

« Tu m'appartiens, *gara*. »

Il m'embrasse. Me déguste. Me goûte.

Il relève la tête et croise mon regard. Je repousse la mèche de cheveux qui tombe sur son front et la regarde se remettre en place naturellement.

« Tu m'appartiens. Tark. Haut Conseiller. *Maître*. »

Lisez Possédée par ses partenaires ensuite!

Leah doit à tout prix s'extirper des griffes d'un homme puissant qu'elle a osé défier, son unique échappatoire est se porter volontaire pour le Programme des Épouses Interstellaires. On l'envoie sur la planète Viken : à son arrivée, elle découvre avec surprise qu'elle a été accouplée non pas à un, mais à trois immenses et séduisants guerriers.

Drogan, Tor et Lev sont les triplés de la famille royale Viken, ils se ressemblent comme deux gouttes d'eau mais ont été séparés à la naissance, dans le but ultime d'échapper à une guerre catastrophique. Une paix fragile règne mais une menace terrible venue du fin fond de l'espace enfle jour après jour, les trois frères n'ont qu'une seule solution pour sauver leurs semblables. Ils doivent trouver une partenaire et donner un héritier au trône le plus rapidement possible.

En quittant la Terre, Leah ne s'attendait pas à devoir se partager entre trois hommes, mais elle ne peut cacher son extrême excitation lorsque les trois frères lui enseignent ce qu'être domptée par les guerriers Viken veut dire. Sa réticence à se soumettre totalement à ses maris dominateurs vaut à Leah une fessée retentissante sur son cul nu, mais ce châtiment honteux ne fait que renforcer son désir envers eux. Son avenir et celui de la planète est en jeu, résistera-t-elle effrontément à leurs assauts ou abdiquera-t-elle pour être enfin possédée par ses partenaires ?

Lisez Possédée par ses partenaires ensuite!

OUVRAGES DE GRACE GOODWIN

Programme des Épouses Interstellaires

Domptée par Ses Partenaires

Son Partenaire Particulier

Possédée par ses partenaires

Accouplée aux guerriers

Prise par ses partenaires

Accouplée à la bête

Accouplée aux Vikens

Apprivoisée par la Bête

L'Enfant Secret de son Partenaire

La Fièvre d'Accouplement

Ses partenaires Viken

Combattre pour leur partenaire

Ses Partenaires de Rogue

Programme des Épouses Interstellaires: La Colonie

Soumise aux Cyborgs

Accouplée aux Cyborgs

Séduction Cyborg

Sa Bête Cyborg

Fièvre Cyborg

Cyborg Rebelle

ALSO BY GRACE GOODWIN

Interstellar Brides® Program

Assigned a Mate

Mated to the Warriors

Claimed by Her Mates

Taken by Her Mates

Mated to the Beast

Mastered by Her Mates

Tamed by the Beast

Mated to the Vikens

Her Mate's Secret Baby

Mating Fever

Her Viken Mates

Fighting For Their Mate

Her Rogue Mates

Claimed By The Vikens

The Commanders' Mate

Matched and Mated

Hunted

Viken Command

The Rebel and the Rogue

Interstellar Brides® Program: The Colony

Surrender to the Cyborgs

Mated to the Cyborgs

Cyborg Seduction

Her Cyborg Beast

Cyborg Fever

Rogue Cyborg

Cyborg's Secret Baby

Her Cyborg Warriors

Interstellar Brides® Program: The Virgins

The Alien's Mate

His Virgin Mate

Claiming His Virgin

His Virgin Bride

His Virgin Princess

Interstellar Brides® Program: Ascension Saga

Ascension Saga, book 1

Ascension Saga, book 2

Ascension Saga, book 3

Trinity: Ascension Saga - Volume 1

Ascension Saga, book 4

Ascension Saga, book 5

Ascension Saga, book 6

Faith: Ascension Saga - Volume 2

Ascension Saga, book 7

Ascension Saga, book 8

Ascension Saga, book 9

Destiny: Ascension Saga - Volume 3

Other Books

Their Conquered Bride

Wild Wolf Claiming: A Howl's Romance

CONTACTER GRACE GOODWIN

Vous pouvez contacter Grace Goodwin via son site internet, sa page Facebook, son compte Twitter, et son profil Goodreads via les liens suivants :

Abonnez-vous à ma liste de lecteurs VIP français ici :
bit.ly/GraceGoodwinFrance

Web :
https://gracegoodwin.com

Facebook :
https://www.visagebook.com/profile.php?id=100011365683986

Twitter :
https://twitter.com/luvgracegoodwin

Goodreads :
https://www.goodreads.com/author/show/15037285.Grace_Goodwin

Vous souhaitez rejoindre mon Équipe de Science-Fiction pas si secrète que ça ? Des extraits, des premières de couverture et un aperçu du contenu en avant-première. Rejoignez le groupe Facebook et partagez des photos et des infos sympas (en anglais).
INSCRIVEZ-VOUS ici :
http://bit.ly/SciFiSquad

À PROPOS DE GRACE

Grace Goodwin est journaliste à USA Today, mais c'est aussi une auteure de science-fiction et de romance paranormale reconnue mondialement, avec plus d'un MILLION de livres vendus. Les livres de Grace sont disponibles dans le monde entier dans de nombreuses langues en ebook, en livre relié ou encore sur les applications de lecture. Ce sont deux meilleures amies, l'une qui utilise la partie gauche de son cerveau et l'autre qui utilise la partie droite, qui constituent le duo d'écriture récompensé qu'est Grace Goodwin. Toutes les deux mamans, elles adorent faire des escape games, lire énormément, et défendre vaillamment leurs boissons chaudes préférées. (Apparemment, elles se disputent tous les jours pour savoir ce qui est le meilleur : le thé ou le café?) Grace adore recevoir des commentaires de ses lecteurs.

www.ingramcontent.com/pod-product-compliance
Lightning Source LLC
LaVergne TN
LVHW012101070526
838200LV00074BA/3879